春……春輝，你有喜歡的人嗎？
嗯，有啊。
我有喜歡的人。
初戀的繪本
原案／HoneyWorks 作者／藤谷燈子 插圖／ヤマ

妳呢？
有呀！
是喔。
如果有勇氣
再靠近十公分的話——

現在也時常會想起……

8:28

告白預演系列 3
初戀的繪本
原案／HoneyWorks
作者／藤谷燈子 插圖／ヤマコ
Kadokawa Fantastic Novels
春輝
美櫻
PRODUCT
TAKE
甜蜜
思慕

喜歡
喜歡
目錄
Contents
內頁插圖／ヤマコ
熱愛
美櫻
春輝

introduction ～前奏曲～

「哦！你一星期之後要去參加結婚典禮呀？」

設計師星野先生一邊確認我長長許多的頭髮，一邊吹了聲口哨。

從高中時期以來他就一直是我的指定造型師，就連怕生的我也能跟他熱絡地閒話家常，不會顧慮太多。

「是的。我跟兩位新人都是高中同班同學，他們邀請我參加……」

「好厲害喔，所以新郎跟新娘以前也就讀同一所高中？他們是不是從念書時就開始交往啦？」

我透過鏡子點點頭，不知為何，以有些得意的語氣回答：

「而且，他們倆還是青梅竹馬喔。」

「真的假的？真是青春啊～酸酸甜甜的呢～」

introduction
～前奏曲～

和我一來一往閒聊的同時，星野先生的手也確實動作著。

我聽著髮絲喀嚓、喀嚓被剪去的聲音，總覺得心情莫名舒暢。

或許是因為這樣吧，我不自覺地多說了一句話：

「……其實，新娘是我初戀的對象。」

星野先生的動作一瞬間停止。他透過鏡子凝視著我問道：

「對方是個什麼樣的女孩？」

「咦……」

被這麼一問，我一時想不出貼切的說法。

即使到了現在，每當回想起她，我的胸口仍會有種被緊緊勒住的感覺，苦澀的滋味也跟著湧現。儘管如此，這對我而言仍是一種幸福——

「她是個宛如盛夏太陽的女孩子。」

我閉上雙眼，高中時代的情景鮮明地復甦。

燦爛耀眼，苦悶難受，卻又總是全力以赴的那些日子。

introduction
～前奏曲～

Miou Aida

合田美櫻

生日／3月20日
雙魚座
血型／A型

美術社的副社長。
個性內向消極，為人腳踏實地。
一直無法對春輝表露自己的心意。

chapter 1 ～第1章～

高中最後的夏天，感覺時間過得比以往都還要來得飛快。

儘管美櫻遲遲未能從暑假收心，但季節已經確實從夏天邁入秋天，夕陽西斜的時間也一天比一天提前。

美櫻坐在階梯最上頭，茫然眺望著逐漸西沉的太陽。

（……已經好久沒有像這樣兩個人一起回家了呢。）

今天，從腳邊延伸出去的，是兩個人的影子。

光是這樣，美櫻便感覺到自己的嘴角微微上揚。

美櫻悄悄朝身旁瞄了一眼，發現春輝也同樣眺望著落日餘暉。

最近的天氣已經開始帶點涼意，但春輝的頸子仍是光溜溜的。或許因為他總是一刻不

chapter 1
～第 1 章～

得閒地跑來跑去，所以在制服西裝外套之下只套上毛衣禦寒，便已經綽綽有餘。

同年級的他是好友的青梅竹馬，因為感覺很聊得來，所以會一起回家。

被其他人問到跟春輝之間的關係時，美櫻或許會這麼說明吧。

不過，她有一個小祕密瞞著周遭的人。

春輝隸屬電影研究社，她則是加入了美術社。儘管兩人的社團活動並沒有交集，但他們共同創作著某部短片。

春輝負責腳本，美櫻負責繪圖，作品差不多已經有了雛形。

然而，隨著兩人花在社團活動和念書的時間增加，直到高三這年的秋天，這部作品仍是未完成的狀態。

（由我主動提議把作品完成的話，好像又不太對……）

顧慮到春輝可能也很忙碌，所以美櫻一直沒有開口，但其實說出來或許反而比較好。

像這樣，美櫻時常把自己想說的話默默吞回肚子裡。

現在也是，儘管春輝就坐在自己身旁，但兩人的對話已經停擺了片刻。

（嗚嗚……得說點什麼才行……）

雖然內心這麼想，但大腦卻因為緊張而一片空白。

無法忍受這片沉默，卻也找不到適當話題的美櫻，只好不停調整包裹著頸子的圍巾位置。

（啊啊，愈來愈熱了……但這樣一來，春輝就不會看到我紅通通的臉頰……）

想到這裡，美櫻不禁在內心苦笑。

待在春輝身旁就會緊張，已經是以前的事情了。剛認識的時候，光是對方開口向她攀談，就足以讓美櫻面紅耳赤，但最近，他們倆已經發展成可以輕鬆和彼此開玩笑的關係。

（明明應該是這樣，可是又回到以前的感覺了……）

兩人上一次一起回家，已經是放暑假之前的事了。

那時候，他們能夠很自然地交談，相處起來也沒有尷尬的感覺。

chapter 1
～第1章～

讓美櫻和春輝之間變得不太自在的關鍵，是那場和電影研究社一起開的討論會。

（在那之後，都已經過了兩個月了呀……）

明明費盡千辛萬苦背起來的英文單字，最後總會輕易地忘得一乾二淨，但愈是想要遺忘的事情，卻愈會深深烙印在腦海之中。這究竟是為什麼呢？

那天發生的事情，仍歷歷在目到令人討厭的程度。

「……哦，沒想到會有人跟我的想法一樣呢。」

「靈感大神啊……連這種地方都一樣嗎？」

就像這樣，春輝和美櫻的好友燈里開心地交談著。

同樣身為天才的兩人，彷彿是用美櫻聽不懂的語言在交談一般。這讓她感覺眼前兩人的說話聲，好像是從非常遙遠的地方傳過來似的。

然而，面對美櫻的畫作時，春輝道出的卻盡是些直言不諱的感言。

「該怎麼說呢～表情好像很僵硬？」

「雖然作畫技術很棒……不過，總覺得有種『範本』的感覺呢。」

美櫻也相當清楚，春輝的發言表裡一致。

他並非在挖苦，也不是在批判，只是把內心的想法直接說出來罷了。

正因如此，跟燈里之間的落差讓美櫻相當難受。

這股痛楚像是一根卡在胸口的荊棘的刺，接著伸展出密密麻麻的藤蔓，然後將美櫻的心臟緊緊勒住。當她察覺到的時候，已經陷入了幾乎無法動彈的狀態。

跟春輝待在一起很痛苦。

會讓她忍不住將燈里和自己做比較，然後落寞不已。

因為討厭這樣的自己，所以，美櫻選擇和春輝保持一段距離。

『在比賽的作品完成之前，我會跟小夏還有燈里一起回家。

春輝你拍電影也加油喲。』

討論會的隔天，美櫻傳了這樣的簡訊給春輝，最後他只捎來了『我知道了。加油啊。』的回覆。

他並沒有詢問美櫻理由，也沒有確認這種情況會持續到何時。

（明明是自己要求的，卻又感到寂寞……我真的很任性呢……）

但今天，春輝主動來找美櫻，並說要一起回家。

他什麼都沒有過問，只是默默走在美櫻身旁。

如果美櫻也接受這樣的狀況，從明天開始，兩人或許又能一起回家了。

這樣一來，她就能跟春輝恢復成暑假前的關係。

（可是，真的這樣就可以了嗎……？）

卡著一根刺的胸口，現在仍隱隱作痛。

感覺愈是努力思考，答案就離自己愈遠。

（我……）

想跟春輝變成什麼樣的關係？

（我……）

無法像夏樹那樣告白，也無法像燈里那樣和春輝產生共鳴。

自己能做到的事，就只有死守「朋友」這個位置。

首先，得想辦法打破現在的沉默才行。

這次就由自己祭出聊天的話題吧——美櫻如此下定決心，然後開口：

「春……春輝，你有喜歡的人嗎？」

壓根沒料到的這句發言，讓美櫻自己也不禁「咦」地輕呼一聲。

而聽到這個問題的春輝，同樣瞪大雙眼愣在原地。

「啊……不是……呃……」

美櫻在自己面前用力地揮舞雙手，拚命思索打圓場的台詞。

（該……該說些什麼才好？說是騙人的也不對，說是問好玩的又很奇怪……）

在她手足無措的同時，春輝平靜的嗓音傳入耳裡。

chapter 1
～第1章～

「嗯，有啊。」

美櫻一瞬間懷疑自己的耳朵。

美櫻震驚於春輝的回答——尤其是答覆的內容，讓她愣愣地凝視著身旁的春輝。

然而，由於春輝別過臉去，讓美櫻無法窺見他現在露出了什麼樣的表情。

「我有喜歡的人。」

春輝像是強調似地再次說道。

美櫻感覺似乎有某種東西「咚」一聲重重地壓上心臟，視野逐漸被染成一片白色。

「啊……這樣呀。」

仍無法調整呼吸的狀態下，美櫻發現自己下意識地如此回應。

儘管她的嗓音十分沙啞，音量也微弱得宛如低語聲，這句話似乎仍確實傳進春輝耳裡。他沒有轉過頭望向美櫻，只是接著反問了一句：

「妳呢？」

乾脆就老實回答他吧。

雖然美櫻這麼想，身體的反應還是騙不了人。

她的雙唇微顫，視線也在半空中游移，腦袋瓜有氣無力地垂了下來。

美櫻的視線落在春輝擱在階梯上的左手。

自己的右手也擱在那隻手的旁邊。

這是一段只要伸長手，就能觸及到對方的距離。只要付諸行動，想必可以輕鬆碰觸到春輝吧。

然而，實際上，她卻連一根手指都動不了。

像是企圖擺脫內心湧現的情緒般，美櫻用力別過臉去。

然後，她一鼓作氣從刺痛而顫抖的肺部擠出聲音。

chapter 1
～第1章～

「有呀！」

說了。說出口了。

如同時光無法倒轉，一度說出口的話也不可能消失。

美櫻雙手緊緊握拳，不等春輝反應，便從原地起身。

雖然她感受到身旁的人屏息的反應，但美櫻只是緊咬下唇，忍住想要轉頭望向春輝的衝動。

她拾起原本擱在地上的書包，然後一階、一階地踩著樓梯往下走。

即將踏上第四階時，美櫻才終於望向春輝。

「我想起還有一點事要辦，所以就先回去嘍。」

「……嗯，再見。」

美櫻輕輕點頭，然後像是逃跑似地衝下樓梯。

在視野中慢慢扭曲的夕陽，美麗到令人泫然欲泣。

「熱死啦～！現在才七月耶，怎麼會熱成這樣啊……」

「呵呵！感覺今年也能好好享受吃冰呢。」

「的確！那我們放學就繞去車站那邊的義式冰淇淋店吧～」

這天，第四節課稍微提早結束。面對即將到來的午休時間，教室裡一片鬧烘烘。

夏樹和燈里開心閒聊時，美櫻也一邊收拾自己的桌面，一邊點頭贊同。

「義式冰淇淋啊～感覺不錯呢。」

「耶～美櫻也要參加嘍？」

燈里雙手合十而露出微笑，夏樹也跟著以燦爛的笑容表示「萬歲～」。

（對喔，已經完全進入夏天了呢……）

chapter 1

～第1章～

聽著夏樹和燈里活潑的交談聲，美櫻輕輕吐出一口氣。

原本還覺得很遙遠，但一轉眼之間，再過不到半個月就是暑假了。

對身為高三生的美櫻等人而言，這也是一段格外特別的時光。

她們很難不去在意直到畢業之前所剩的時間，實際上也必須採取相對應的行動。為了報考美術大學，美櫻個人也計劃參加補習班的暑期加強輔導。

在暑假期間，能和夏樹、燈里一起玩上幾次呢？

她們倆和自己同樣隸屬於美術社，所以就算放假也會碰頭。

只是，想要「想見面就見面」或許仍有點難度。除了必須繪製參賽用的畫作以外，她們三人的其中一人，還得協助電影研究社拍攝新的電影。

（……至於人選，應該就是燈里了吧。）

就算不等到放學後的討論會，美櫻也覺得似乎已經能看到結果了。

當然，在目前這個時間點，她們還不確定電影研究社想要的是什麼樣的作品，所以，夏樹、燈里和美櫻三人理應同樣有著被選上的可能性。

儘管如此，燈里會被選上的預感仍盤據在美櫻的心中。

她的才能就是如此優異，也讓美櫻十分憧憬。

「今天外頭有風，我們久違地到中庭去吃便當吧～」

「哇～好棒呢，感覺像野餐一樣！」

美櫻在座位上發愣的時候，夏樹和燈里來到了她的桌前。

她們手上拎著在夏樹推薦的日用品雜貨店一起買的保冷袋。夏樹的是橘色和白色直條紋相間的圖案，燈里的則是白色和粉紅色點點的設計。

看著色彩鮮豔的便當袋在眼前搖晃，美櫻連忙從座位上起身。

「說得也是。如果在樹下吃，日曬就沒有那麼強烈了……」

她捧著淺藍色和白色格子的便當袋附和，結果夏樹一本正經地出聲贊同。

「這點很重要！要是一個沒注意，頭髮又會變毛燥了。」

「……啊！」

當夏樹正打算幹勁十足地到中庭占個好位置時，燈里突然輕輕喊了一聲。

臉上原本溫和的表情也突然僵硬起來。

（她是想起有什麼事了嗎……？）

一如美櫻所料，下一刻，燈里愧疚地舉起雙手在面前合十，並表示：

「對不起！我還有點事，妳們兩個先吃吧。」

「這樣啊，我們可以等妳回來再一起吃喔。」

美櫻也贊成夏樹的意見，但燈里只是笑著搖了搖頭。

「沒關係。我不確定什麼時候才會回來，這樣對妳們不好意思。」

「咦，可是……」

「那我走嘍～」

像是要蓋過夏樹的聲音般，燈里搖曳著一頭長髮離開了教室。

留在原地的兩人不禁望向彼此。

「燈里看起來好像怪怪的耶……？」

聽到夏樹壓低音量的問句，美櫻也像是說悄悄話般用手掩著嘴回應：

「或許她已經跟別人有先約了。」

「……啊，原來如此。是有男生要跟她告白吧？」

除了是個美少女之外，個性也很不錯的這位好友，被男生找出去告白已經可說是家常便飯了。

夏樹也會意過來似地點頭叨念著：「這樣啊、這樣啊。」

「像剛才那樣沒有明說理由的時候，總是被找去告白呢。」

燈里屬於比較單純的個性，也有些悠然自得、不在意他人的地方。不過，她從未主動說出有人向自己告白的事情。

聽到美櫻的分析，夏樹略感佩服地嘆了一口氣。

「聽妳這麼一說，好像真的是這樣呢……妳真是觀察入微耶，美櫻。」

「是……是嗎？」

儘管明白夏樹是在稱讚自己，但不知為何，這讓美櫻有種坐立不安的感覺。

為了蒙混帶過，她只好回以有些僵硬的笑容。

「話說回來，燈里真的很受歡迎耶～」

雖然夏樹的語氣聽起來百感交集，但她並沒有在開玩笑，也不是酸葡萄心態。

她想必能夠體會好友的苦處，才會做此發言吧。

就算燈里絕口不提，消息還是可能會從被甩的對象或是目擊到告白現場的其他人口中洩漏出去，然後擴散開來。

唯一的救贖，或許就是無人因此在背地裡說燈里壞話吧。

（因為，無論對方是誰，燈里都會以同樣的態度應對呢。）

其實，美櫻也曾經目睹過這類告白現場。

對方是跟她們同年級的網球社社長。

另外，雖然是事後才得知的消息，但對方曾在購物時被挖角成為雜誌的讀者模特兒，參加比賽時，也時常會有其他學校的粉絲來替他加油，是個十分具有話題性的人物。

或許是基於上述的原因吧，他對自己似乎相當有自信。

「不好意思，我沒辦法跟不熟的人交往。」

chapter 1
～第1章～

那天，美櫻返回教室拿忘記的東西時，男方似乎已經告白完畢了。她瞥見婉拒告白的燈里向對方輕輕一鞠躬的身影。

然而，對方並沒有因此放棄，反而以感覺駕輕就熟的語氣繼續表示：

「不然啊，給我一星期時間好嗎？妳可以在這段期間摸索我們交往的可能性喔。」

「咦？要先決定我們做朋友的時間嗎？」

兩人的對話有些答非所問，但對方似乎理解了什麼而笑出聲來。

然後說出——所以，早坂同學才會被說難以攻陷啊。

對方想必也明白燈里並非刻意支開話題吧。那不是出自某種計算，而是她發自內心的疑問。或許正是理解了這一點，那名男同學才會果斷選擇放棄。

「升上高三之後，告白的人數好像也有些變少，但最近又開始增加了呢。是想在放暑假前趕上所謂的『末班車』嗎？對了，春輝好像也說他有被女孩子找出去……」

夏樹一邊拉開教室的門，一邊略為擔心地說道。

初次聽聞這個消息的美櫻，險些因此被拉門的軌道絆倒。

「這……這樣啊……」

發現自己的語氣聽起來比想像中倉皇，美櫻連忙用手掩住嘴巴。

夏樹露出一臉想要大喊「糟糕！」的表情，慌慌張張地揮著雙手解釋：

「可是……那個啊，春輝拒絕了喔！也是啦，畢竟他滿腦子都只有電影嘛。」

和春輝是青梅竹馬的夏樹都這麼說了，應該不會有錯。

也因為這樣，讓美櫻不得不思考一個問題——

之後，就算自己跟春輝告白，或許也只會有相同的結局吧。

（……我根本比不過電影啊。）

或許是擔心美櫻沉默下來的反應，夏樹換了個話題開口：

「說到被找出去告白，戀雪同學好像也有了粉絲後援會之類的東西呢。因為不是一對一的模式，所以他經常在社團活動時間被團團包圍的樣子，真是辛苦他了。」

關於戀雪的話題，美櫻也時有所聞。

他的戲劇性變身，甚至還被人半開玩笑地說是一場詐欺。

（雖然這種說法有點過分，但或許也代表大家真的都吃驚不已呢。）

戀雪的變身發生在這個月月初。

在沒有任何徵兆的情況下，他突然剪去長長的頭髮，然後捨棄眼鏡，改戴隱形眼鏡來上學。

美櫻也很驚訝，但她並沒有向戀雪表達這樣的感想。因為他們雖然是同學，但截至目前，美櫻和戀雪並不常交談。

（在班上，真的跟綾瀨同學要好的人，大概也只有小夏了吧……）

儘管夏樹本人沒有察覺，但美櫻認為讓戀雪變身的關鍵，或許正是夏樹。

就算只是從旁看著兩人向彼此借漫畫的交流互動，美櫻也感受到了戀雪對夏樹的心意。雖然不算是「趕末班車」的行動，但戀雪或許是希望至少在畢業前和夏樹告白吧。

「小夏，那妳跟瀨戶口同學有什麼進展嗎？」

美櫻刻意略過戀雪的話題，轉而詢問夏樹的狀況。

嗚的一聲，瞬間語塞的夏樹在樓梯前方停下腳步。

片刻後，她嘀嘀咕咕地答道：

「……老樣子。優似乎還是以為他只是我的練習對象。」

為了替漫長的單戀劃下句點，夏樹在上個週末向自己的青梅竹馬優告白。

鼓起勇氣表達自己的心意固然很好，但在優回應她的告白之前，夏樹便因為無法承受緊張感，而脫口說出「這只是告白預演」的謊言。

結果，優相信了她的說法，誤以為夏樹的真命天子另有他人。

然後夏樹在無力化解這個誤會的情況下，事態發展成「對著要告白的當事人反覆練習告白」這般複雜的情況。

（我明白小夏沮喪的理由，不過，我還是覺得她很厲害呢……）

對美櫻而言，無論是告白，或是不被突發狀況擊垮而再次挑戰的精神，都需要宛如在懸崖邊進行高空彈跳那樣的勇氣。

能夠用行動來坦率表現自身心意的夏樹，可說是令人目眩的存在。

chapter 1
～第1章～

「美櫻，那妳呢？」

跟回過頭來的夏樹四目相接的瞬間，美櫻急忙移開自己的視線，同時轉移話題。

「……得趁燈里回來前占到一張長椅才行呢！」

看到美櫻以此當藉口衝下樓梯，夏樹慢了半拍才有所反應。

「咦？啊，等等我啦～」

聽著夏樹的聲音從背後傳來，美櫻將手貼上自己一下子變得滾燙的臉頰。

（要不要緊呀……我有臉紅嗎？）

自己的反應可說是顯而易見。夏樹想必也已經察覺到美櫻的心意了吧。

即使不隱瞞，夏樹也早就知情了，儘管如此，自己為何還是想要逃避呢？

因為總覺得很難為情。因為夏樹跟春輝是青梅竹馬。

雖然想得到好幾個理由，但美櫻也明白這些都並非最關鍵的因素。

（……像我這樣的人，怎麼敢說自己喜歡春輝呢？）

無論在哪方面，春輝本來便總是會有超出一般人的表現，也一直是眾人注目的焦點。

隨著他獨力拍攝的電影陸續獲獎，升上二年級之後，春輝在女孩子之間的人氣也更是水漲船高。

（電影研究社成立的時候，也湧入了一堆想入社的女孩子呢。）

而這些女孩子之所以未能如願入社，是因為優和蒼太顧慮到一如夏樹所說的「滿腦子都是電影」的春輝，所以巧妙設下一道防禦線的結果。在那之後，「電影研究社只收男生社員」這樣的不成文規定逐漸傳開，女孩子們只好在遠方默默守護。

只有夏樹跟美櫻例外。

從這樣的狀況來看，夏樹身為春輝的青梅竹馬，或許還情有可原，但換成美櫻的立場，恐怕就很容易招致嫉妒。然而，那些女孩子似乎都相當放心。

因為春輝跟美櫻只是普通朋友罷了。

（……這樣的距離感，是不是永遠都不會改變呢？）

明明就算面對好友也無法坦承自己的這份心意，卻又不想一直維持現況。

chapter 1
～第 1 章～

這般矛盾的想法在內心愈變愈沉重，讓美櫻不禁嘆了一口氣。

猛烈的陽光從窗外照射進來。而腳下的影子，愈是靠近太陽，便愈顯漆黑。

高中生涯最後的暑假即將到來。

Koyuki Ayase

綾瀨戀雪

生日／8月28日
處女座
血型／A型

美櫻的同班同學。
隸屬於園藝社。改變外型後，
成為女生們注目的焦點。
喜歡夏樹。

chapter 2

~第2章~

「喂~班會結束嘍~」

伴隨著那個熟悉又令人安心的聲音，眼前出現某個搖晃的物體。

春輝眨了好幾次眼睛，試著讓模糊的視野對焦。

「噯，你有聽到嗎？」

聲音的主人果然是自己的兒時玩伴優。

優朝春輝揮揮手，擔心地窺探著他的臉。

「……我聽到了。」

「反應超慢！幹嘛啦，你又熬夜了嗎？該不會一整晚都沒睡吧？」

聽到優的提問，慢吞吞地開始收拾書包準備回家的春輝停下了動作。

「我有睡啦。回神過來的時候，已經聽到窗外傳來鳥鳴聲，有點嚇到就是。」

「你喔……真虧你這樣還能長高耶。」

「呃，我才不想被你說咧。直到前一陣子，你不也都是個電玩中毒的夜貓子嗎？」

聽到春輝的反擊，優苦笑著回應：「那已經是三個月之前的事啦。」

升上高三後，優便將片刻不離手的遊戲機換成了參考書。以國立、公立大學為目標的他，或許是為了繼續社團活動，所以捨棄花在電玩上的時間吧。

「是說，你幹嘛特地跑來隔壁班找我？」

「今天不是攝影的日子嗎？你應該沒忘記我們硬是拜託增井騰出時間來的事吧？要是在這種情況下還遲到，真的很糟糕喔。」

春輝原本還想開口反駁一臉嚴肅的優，但最後，他還是將喉頭的話吞回肚裡。

畢竟他可是「前科」累累。

換一句台詞會比較好吧？在這個時間點播放背景音樂真的恰當嗎？一旦開始思考電影相關的事情，春輝就會停不下來，然後變得再也看不到其他東西。

「等增井準備好之後，馬上就開拍吧。」

「這句話是我要說的才對。」

春輝朝馬上開口吐嘈他的兒時玩伴笑了笑，然後拎著書包起身。

增井佳奈是優和夏樹的同學，隸屬於合唱團。文化系社團的社員多半都會持續社團活動直到三月，而她也沒有退社，繼續著社團活動。夏季和秋季都有大型合唱比賽，對增井而言，現在據說是忙到焦頭爛額的時期。

（雖然明白她很忙，但我們這邊也無論如何都無法讓步啊……）

為了畢業製作而新拍攝的電影，是春輝、優和蒼太第一次，同時也是最後一次的合作。

直到之前，社團活動拍攝電影時，都是以春輝為中心。不過，這次則是由蒼太撰寫腳本，優擔任類似製作人的角色，而春輝負責攝影和後製剪接的方式進行。

所以，春輝理所當然對這部作品特別執著。最重要的是，這種嶄新的挑戰讓他興奮不已。

（就是因為這樣，我才會無止盡地想要精益求精嘛！）

chapter 2
～第2章～

追加的不只是電影角色的台詞。

女主角所描繪的畫作，將會成為故事的關鍵元素全新登場。

至於這幅畫，經過昨天和美術社的討論會後，他們決定委託燈里負責繪製。以「戀愛」為主題的畫作，最後究竟會以什麼樣的面貌呈現出來，著實讓春輝期待不已。

「對了，望太呢？」

「被找去生涯規劃室了。他說只是去拿個書面文件，很快就會回來。」

兩人並排走在走廊上時，優壓低嗓音向春輝說明。

他或許是想避免被其他擦肩而過的人聽見吧。

原本成績就很優秀的蒼太，將目標放在推薦入學。從本人的態度和老師們的語氣來判斷，如果順利的話，想通過校內初試應該沒問題。

「再怎麼說，推薦入學組也很辛苦呢。」

聽到優感慨萬千的低喃，春輝不禁露出苦笑。

「雖然嘴上這麼說，但你也得參加補習班的集訓吧，優？」

「也是啦。不過，比起懶洋洋地待在家裡，把自己逼得緊一點，反而會讓我覺得比較輕鬆呢。畢竟該做的事情不會改變，所以，倒不如早點完成。」

「啊……因為你是那種會勤奮地把暑假作業寫完的個性嘛。」

「然後你就會跑來抄我的繪圖日記。」

春輝被優淡漠的語氣戳到笑點，忍不住噴笑出聲。

優也被他影響而跟著笑出來，兩人笑得愈來愈停不下來。

「我們還真是一點都沒變耶～」

這句話一半是認真，一半則是「不想改變」的祈願。

未來，就算各自踏上不同的道路，漸行漸遠，包含夏樹在內，春輝這四人是兒時玩伴的事實仍不會消失。

儘管如此，春輝也很明白在產生距離後，或多或少的變化將會是無法避免的結果。

（無論是優還是其他人，都不曾問我畢業後的決定呢。）

chapter 2

~第2章~

或許是因為大家都很明白春輝的個性吧。在塵埃落定之前，他不會自己說出口。如果春輝主動找他們商量，這群友人會願意傾聽，但春輝沒有這麼做的話，他們便不會過問太多。儘管彼此從未談論過這些事，但不可思議的是，春輝就是這麼覺得。

（這麼說來，美櫻也沒問過我呢……）

關於這件事，美櫻只有在升學意願調查表發下來的那天，在回家路上稍微問過他。

「春輝，你打算升學嗎？還是就業？」

「我應該會升學吧。妳呢？」

「我大概也是。」

那是一段維持不到一分鐘的簡短對話。

之後，兩人都沒再提及這件事。直到決定好未來的出路之前，他們想必都不會得知對方的決定吧。

（……不管怎麼說，我們也暫時無法一起回去了。）

『在比賽的作品完成之前，我會跟小夏還有燈里一起回家。春輝你拍電影也加油喲。』

午休時間即將結束時，美櫻傳了這樣的簡訊過來。

不知道是因為很難當面說出來，抑或這是美櫻和夏樹她們討論時做出的決定。因為春輝和美櫻兩人經常較晚離開學校，照理說沒必要刻意傳簡訊通知。

這或許就是她決定專心致志於創作的表現吧。

（這好像是美櫻頭一次這麼全力以赴吧？）

春輝並非沒有落寞的感覺，但面對美櫻的變化，他打從內心開心。

應該說，他希望自己能從美櫻背後推她一把，所以昨天才會給予比較嚴苛的批評。

櫻丘高中的美術社自成立以來，據說幾乎沒有一年不曾獲獎。

其中，又以身為社長的燈里和副社長的美櫻格外優秀。她們倆可說是在全校集會時上台領獎的常客。

chapter 2
～第2章～

（不過，美櫻雖然有才能，卻總是傾向將作品一板一眼地收尾呢。）

連身為外行人的春輝都看得出來，更不用說是大賽的評審們了。

跟時常只拿到佳作的美櫻相較之下，燈里多半是爭奪冠軍寶座的人選。

自由自在的運筆，動與靜的區別。

燈里的作品總是能震撼觀眾的內心，不由分說地散發出壓倒性的氣勢。

最厲害的地方，在於除了評審委員以外，即使是對作畫技巧完全沒概念的一般人，也能直接感受到燈里的作品所表達出來的力與美。

（我明白藝術並沒有什麼優劣或輸贏。正因為這樣，我才會……）

希望美櫻能對自己更有自信。

春輝懷抱著這樣的想法，出席了和美術社一同開的討論會。

昨天，先是由身為社長的優向美術社的三人大致說明電影內容。

之後，擔任導演的春輝再向美櫻等人提出問題。

問題的內容和作品主題「戀愛」有關。

「噯，妳們覺得戀愛是什麼顏色？」

「……粉紅色之類的？」

率先道出答案的人是夏樹。

那是個一如她的畫作般坦率又簡單明瞭的答案。

「因為也會有苦澀或揪心的感覺，我應該也會用上黑色或藍色。」

接著，美櫻以有些怯懦的語氣開口。

聽到夏樹的答案後，美櫻的答案又表現出另一種嶄新的觀點。春輝深感興趣地點了點頭，但美櫻本人不知是否因為缺乏自信，在說出答案之後，她隨即垂下頭。

（能夠從不同的角度來觀察事物，明明也是一種很棒的才能啊……）

儘管內心覺得惋惜，春輝仍轉而望向尚未回答的燈里。

「我覺得……應該是金色……吧。雖然它閃閃發光，很漂亮，但如果棄之不顧，感覺

chapter 2
～第2章～

就會生鏽。另外，光芒要是過於強烈，就會因為太刺眼而令人無法直視——我覺得這一點也很像。」

聽到燈里的發言，春輝感受到彷彿有人在眼前按下閃光燈一般的衝擊。不是因為這個答案超乎想像，而是因為它跟自己的答案一模一樣。

（太炫了，原來也會有這種事啊。）

接著，實際欣賞三人的作品之後，春輝變得更加亢奮了。

獲獎的作品多半會被展示在校園裡頭，所以他也好幾次不經意目睹到。不過，現在攤開在桌面上的這些畫作，混入了非參賽用途的一般作品。因此，三人不同的個性也更進一步地呈現出來。

（原來夏樹跟早坂平常也會畫這些啊……）

感受著內心情緒激盪不已，春輝仔細觀賞每一張作品，然後發現了一件事。

只有美櫻的畫作全都「中規中矩地收納於畫布上頭」。

「感覺變得像是笑失敗的表情呢，真可惜～」

「可以更大膽揮灑自己的特色啊，為什麼要一板一眼地收尾呢？」

就算直接將這樣的想法傳達給美櫻，她恐怕也只會笑而不答。

所以，春輝試著當作是在跟優或蒼太說話，大刺刺道出未經修飾的意見。

「該怎麼說呢～表情好像很僵硬？」

「雖然作畫技術很棒……不過，總覺得有種『範本』的感覺呢。」

倘若是美櫻，一定會察覺到自己隱藏在這些批評背後的用意吧。

雖然現在暫時中斷了，但他們倆曾經合力創作過作品。春輝意外不擅長用言語表達，再加上他過分仰賴感性，以致於說明總是抽象又難懂，這些美櫻都明白。

（我老是依賴著她，一點進步都沒有呢～）

當初，提議兩人一起進行創作的人是春輝。

chapter 2
～第2章～

由他編寫最基礎的腳本，讓美櫻按照腳本內容作畫，然後再編織成完整的故事。不斷重複這樣的作業，並看著作品逐漸成形的過程，讓春輝樂在其中。

然而，不知從什麼時候開始，他們的作品再也沒有進展。

因為美櫻描繪的畫作，和春輝的感性出現了相當大的差距。

雖然無法相提並論，但美櫻的畫並不如燈里或夏樹那樣活力四射。取而代之的是誠懇、纖細，就像美櫻本人散發出來的氛圍。

另一方面，春輝的作風被評論家們形容成「十分犀利」或「來勢洶洶的新人」。

他也認為這就是自己的強項，所以有時會刻意磨練這一點。

（可是，這樣一來，就無法讓美櫻的畫作發揮了……）

他可以無視美櫻的風格，將作品加工成方便自己創作的感覺。這麼做絕對會比較有效率，說實話，春輝也數度湧現過這樣的想法。

然而，屢次讓春輝打消這種念頭的，是從畫作裡呈現出來的美櫻的氣質。

（嗳，美櫻。我也會持續磨練自己，所以……）

春輝沒有出聲，只是在內心祈禱似地喃喃自語。

至今，一直很想傳達出去，卻又遲遲無法說出口的那句話，現在也繼續等待被聽見的那天到來。

窗外的天空今天也依舊一片蔚藍，散發著灼燒皮膚的熱度。

無論是哭、是笑，高中生的最後一個暑假即將到來——

開始放暑假後，優隨即前往參加補習班的集訓活動。

春輝和蒼太負責針對初春時期拍攝的影像進行後製剪接，並為了突然變更的最後一幕煩惱不已。

chapter 2
～第2章～

今天，他們也是從早上就窩在社團教室裡，一邊發出呻吟一邊和腳本苦戰。

溫熱的南風和夏蟬的大合唱從敞開的窗戶竄入室內。

位於社團教室中央的長桌上，傳來成堆紙張被吹動翻頁的沙沙聲。

「……噯，春輝。」

才想著聽到一陣嚥口水的聲音，蒼太便突然這麼開口。

坐於各自的座位上之後，兩人已維持了好一陣子的沉默，或許是有點口乾舌燥了吧。

「嗯～？」

春輝漫不經心地出聲回應，繼續翻閱著手邊寫滿註解，同時又貼滿便利貼的劇本。

或許是再也無法忍受了吧，蒼太從座位上起身，然後「咚」一聲地以雙手搥向桌面。

「我覺得現在這種狀況真的不太妙耶。」

「等優回來就會幫我們整理啦，不要緊。」

「等不到他回來啦！把你的視線從劇本中抬起來！把教室的樣子看清楚再說這種話啦！」

蒼太的發言有著前所未見的強悍。

演變成這樣的話，他接著就會衝過來搖晃春輝的雙肩了吧。這名兒時玩伴很清楚自己如果不這麼做，春輝就不會放下手中的劇本。

（該說是在試探彼此，或說是一種習慣呢？）

無論如何，再這樣下去，蒼太真的會發脾氣。

春輝將劇本的一角折起來當作記號，然後懶洋洋地抬起頭。

「……喔~這還真是一片狼籍耶。」

位於眼前的長桌桌面，已經變得連木頭紋理都完全看不見。

從圖書館借來參考的字典和小說，還有在修正內容後列印出來的一疊疊劇本。再加上一堆隨手寫下記錄的紙張，完全是一片混亂的狀態。

「看吧，我不是說過了嗎？這樣沒辦法進行作業啊。」

看到雙手抱胸、理直氣壯地站在原地開口的蒼太，春輝試著露出讓他放心的笑容。

chapter 2
～第2章～

「可是，亂成一團的只有桌面而已啊。不像我房間，現在連走路的地方都沒有呢。」

「所以咧！不對，應該問你怎麼又弄亂了？我已經說過不想再幫你打掃了吧。」

原本還以為這番話能打發蒼太，沒想到成了反效果。

對方狠狠反擊之後，春輝無可奈何地望向窗外。

「暑假真的會讓人怠惰呢……」

「這句話你在考試之後也說過喔！」

「……好，來整理吧。」

春輝抬起黏在椅子上的屁股，將桌面上散亂的紙張聚集起來。

蒼太嘆了一口氣，很配合地跟著拾起手邊捆成一疊疊的紙張。

教室籠罩在蟬鳴聲和紙張的沙沙聲之中，似乎正在逐漸升溫。

兩人的交情不至於因這股沉默而尷尬，但在跟美術社舉行的討論會過後，春輝總覺得自己和蒼太以及優之間有著某種微妙的距離感。

他悄悄窺探蒼太的神情，後者沒有抬起頭來，只是問了句「幹嘛？」。

「……沒有，我在想早坂的畫作什麼時候會完成。」

「啊……噢……燈里美眉她沒問題啦！」

蒼太一把捏皺手邊的紙張，頂著紅通通的臉大力主張。

因為實在沒什麼說服力，春輝又追問了一句：「真的嗎？」

「我不是擔心早坂出問題啦……不過，你有確實跟她保持聯絡嗎，望太？」

從高一的時候，春輝就知道蒼太暗戀著燈里一事。

所以，他才會和優一起決定讓蒼太來負責聯絡燈里。

（不過，望太還是老樣子，無法和她好好說話呢……）

進入暑假後，主要的聯絡手段就變成簡訊了。即使是無法好好面對面交談的蒼太，應該也能確實達成這項任務才對。

看到春輝直直盯著自己，視線在半空中游移不定的蒼太有些為難地低聲說道：

「……就算是我，也能跟她傳簡訊啦，嗯。」

chapter 2
～第2章～

「就是說嘛！我期待聽到令人滿意的報告喔～」

春輝露出燦笑回應，但蒼太卻是「嗚」一聲屏息。

前者不解地歪過頭，後者則是嘆了一口氣表示：

「這麼說或許有點刺耳，但我覺得你不要凡事都用自己當基準比較好喔，春輝。」

「啥？」

聽到他的意見，春輝只能愣愣地發出疑惑的聲音。

蒼太仔細地將被捏皺的紙張撫平，然後嘛起嘴繼續說道：

「嗯，我知道你並不是刻意這麼做。但問題就是出在這裡呢……總之，關於燈里美眉的創作進度，我希望你不要給她太大的壓力咦咦咦咦！」

蒼太再次緊緊捏住方才撫平的紙張，瞠目結舌地望著上頭的文字。

一頭霧水的春輝不禁搔了搔後腦杓。

「我還想說你在講什麼故弄玄虛的發言，結果現在又變成奇特的慘叫聲了？」

「因……因因……因為！這個要怎麼辦啊！」

在春輝眼前攤開的那張紙，文字隨著皺皺的紙張扭曲變形，變得難以判讀。

春輝瞇起雙眼，一個字一個字地檢視著。

「問……卷……？噢，是校刊社拿來的那個嗎？」

櫻丘高中的校內報紙，有個輪流為各社團進行特別報導的專欄。

九月分輪到報導電影研究社，所以身為社長的優應該已經將這份問卷填寫完畢了才對。

「在放暑假之前，優感覺忙得團團轉了呢。這應該還不要緊吧？」

「……不是優，而是你喔，春輝。」

「我又怎麼啦？」

「所以說，不是有交代你負責把剩下的部分填完嗎！而且，你看這裡！」

蒼太以手指不停用力戳著問卷某處，感覺紙張都要被他戳破了。

「我說啊，我只看得見你的手指耶。」

「給我閉嘴！這上頭寫著『結業典禮當天為最後提交日』耶～！」

下個瞬間，社團教室裡變得鴉雀無聲。

蟬鳴聲和運動社團的加油口號傳入耳中時，春輝已經全身冒冷汗了。

「收拾整理果然很重要呢。」

「真的是！唉唉，怎麼辦啊，校刊社那邊沒問題嗎……」

「我跟校刊社的副社長同班，我等一下傳簡訊給對方。」

春輝接過問卷，為了避免妨礙蒼太收拾桌面，他移動到窗邊。

這不是自誇，但在收拾整理這方面，他的能力幾乎等於零。

春輝悄悄轉頭偷瞄，發現蒼太雖然嘴上不停喃喃抱怨，但仍確實消化著桌上原本堆積如山的紙張。

看著他俐落收拾的動作，春輝在內心暗暗朝蒼太膜拜了幾下，然後再次將視線移回問卷題目上。

諸如社員人數、活動排程、社團成立理由等基本的問題，身為社長的優和副社長蒼太已經填寫完了。他們留給春輝處理的，都是一些比較深入的內容。

chapter 2
～第2章～

「第一次拍電影是在什麼時候？」

「為什麼會想要拍電影？」

「拍電影的魅力在於什麼地方？」

眺望著問卷上的問題，春輝想起自己為什麼沒有馬上填完它的原因。

除了一一動手寫很麻煩以外，最重要的是，這些問題他根本無從回答起。

（就像習慣或癖好那樣，沒人會記得是從何時開始養成的吧？）

春輝一開始接觸到的愛用機，是祖父母家那台八厘米攝影機。

聽說，在懂事之後，他曾花了很長一段時間，持續拍攝在沿廊熟睡的貓咪母子。

春輝不知道那能不能稱之為電影。但對他來說，那同樣是自己的作品之一。等意識到的時候，自己就已經捧著攝影機到處跑了，所以，就算問他動機為何，春輝也答不上來。

（就像是理所當然的發展一樣嘛。）

他對美櫻的感覺也是這樣。

曾幾何時，他的雙眼就已開始持續捕捉美櫻的身影。然後，在不知不覺中，春輝發現自己喜歡上她了。

對他來說，美櫻不只是「很談得來的朋友」，而是「想要好好珍惜的女孩子」。

他曾有好幾次傾訴心意的機會。

然而，至今仍未將這份情感傳達出去，是因為待在美櫻身旁的感覺過於舒適。

倘若告白了，可能就會破壞這段絕佳的距離感，然後再也無法復原。

一想到這裡，春輝總是不禁在說出口之前緊急踩下煞車。

（現在，存在於美櫻和我之間的，到底是什麼東西呢……）

是友情？還是——

儘管在意得要命，卻又因為另一個理由，而讓他無法下定決心歸納出答案。

不過，春輝也明白自己只是在找藉口。

（……最沒用的人果然是我吶。）

chapter 2

～第2章～

之前，春輝曾對夏樹說過「看妳這樣，真的讓人很煩躁耶！」，決定從後方推她一把，替夏樹製造和優獨處的機會好讓她告白。

儘管最後以「告白預演」的形式收場，但夏樹確實向前邁進了一大步。

（至於蒼太，雖然那個樣子，但該行動的時候他還是會行動嘛。）

今天，窗外也能瞥見綾瀨戀雪照顧花圃的身影。

他是優和蒼太等人的同班同學，春輝也曾跟戀雪一起上過併班課程。

戀雪經常和青梅竹馬夏樹互相借漫畫，所以春輝大概知道有這個人的存在，兩人的交情並不算深。

（我記得綾瀨是在七月初剪了頭髮吧……）

雖然不知道契機為何，但綾瀨的外型在某天突然出現了一百八十度的大轉變，對待身邊的人事物的態度也慢慢變得積極。

在春輝看來，他似乎有意和原本關係就不錯的夏樹進一步拉近距離。

對夏樹，戀雪很明顯懷抱著超乎友誼的感情，而優似乎也察覺到了這一點。

因為有喜歡的人，所以想要改變自己的戀雪。
因為不想破壞這段舒適的關係，所以將心意深深埋藏起來的自己。
雖說沒有什麼好比較的，但春輝還是忍不住覺得自己很沒出息。

「為什麼人會喜歡上另一個人呢？」

春輝的低喃被蟬鳴聲蓋過，沒有傳入任何人的耳裡。
宛如尋找著出口的戀慕之心那樣。

感覺到來自他人的視線後，戀雪停下澆水的動作抬起頭來。
或許是因為蒼太剛才的吶喊聲還殘留在耳邊吧，戀雪望向校舍的最上層。
一如他的預感，有個人影正從敞開的窗戶眺望下方。

chapter 2
～第2章～

（是芹澤同學啊。他在看什麼呢……）

戀雪環顧周遭，發現中庭除了自己以外空無一人。

他再次向上看的時候，春輝已經轉身回到教室裡頭了。

（難道他是在看這些花嗎？）

如果是這樣，就很令人開心呢——戀雪這麼想著，瞇起雙眼眺望在澆過水之後變得閃閃發亮的花圃。

這些都是自己小心翼翼照料的花朵。所以，如果它們能夠吸引旁人的目光，便相當令人欣慰。再加上對方又是春輝，這對戀雪來說別具意義。

芹澤春輝。

在進入櫻丘高中就讀之後，戀雪隨即聽說了這號人物。

儘管不是什麼集團領袖，也並非總是獨來獨往的人，但他就是相當引人注目。就算分到不同班級，戀雪也會自然而然地聽到和他相關的情報。

接著，在高一的暑假結束後，春輝身處的狀況出現了截然不同的改變。

他偷偷上傳到網路的小短片，在網民的口耳相傳之下，受到了電影評論家的矚目。因為這個契機，新聞網站和雜誌也開始接連介紹春輝的作品，讓他在學校內外都備受關注。

（而且，他似乎還連續獲獎好幾次，真的很厲害呢。）

說到自己和春輝的共通之處，大概也只有一起上過體育課這件事。

雖然兩人不同班，但春輝或許也知道戀雪經常和他的青梅竹馬夏樹互相借漫畫一事吧。所以，在走廊上擦身而過的時候，春輝有時會主動和戀雪打招呼。就算戀雪表現出視線在半空中游移的困惑反應，他仍會說些「今天也好熱喔」或是「你借給夏樹的漫畫，也可以借我看嗎？」之類的閒聊，彷彿將戀雪當作交情深厚的朋友一般。

（芹澤同學的這種地方，感覺跟榎本同學很相似呢。）

不只是夏樹，蒼太和優面對戀雪時的態度，也都和春輝一樣一如往常。

就算看到戀雪剪短頭髮、捨棄眼鏡而改戴隱形眼鏡，也沒有執拗地追問原因或是出言

chapter 2
～第2章～

調侃的，大概也只有他們幾個了。

（榎本同學跟望月同學是本來就很善良……）

至於優和春輝，則是因為他們原本就確實明白自己的價值所在吧。

正因為不覺得有必要將自己和他人做比較，所以，他們不會湧現藉由貶低別人來獲得優越感的想法，也能夠以毫無二致的態度對待所有人。

「……像芹澤同學那樣的人，一定有勇氣向喜歡的女孩子告白吧。」

花圃裡滿是盛開的向日葵。

向著盛夏的太陽，不斷直挺挺地成長的花朵。

明智咲

生日／5月29日
雙子座
血型／O型
183cm

春輝的班導，也是電影研究社的顧問。
教授的科目是古典文學，
卻不知為何穿著白袍。

Saku
Akechi

chapter 3
～第3章～

夏天逐漸接近尾聲。黃昏時分，蟬鳴聲中開始混入秋蟲的叫聲。

一陣涼爽的風撫過頸子，讓春輝從筆記型電腦的螢幕前抬起頭來。

雖然教室裡還亮著燈，但不知何時，原本在一旁修改腳本的蒼太已經不見蹤影。或許是考量到還留在教室裡的春輝，他在離開時才沒有關燈吧。

「……糟糕，現在幾點啦？」

「差不多是最後放學時間嘍～」

聽到這個令人意外的回應聲，春輝不禁從折疊椅上起身。

從門外探頭入內的，是他的班導兼電影研究社顧問的明智咲。身為教授古典文學的老師，卻不知何故總是穿著白袍的他，身影清晰浮現在外頭的黑暗之中。

chapter 3
～第3章～

「只剩你一個？瀨戶口跟望月呢？」

明智踩著腳上的拖鞋，啪噠啪噠地走進教室裡。

聽著令人有些脫力的聲響和對方懶洋洋的嗓音，原本暗暗嚇了一跳的春輝嘆了一口氣。

「優去補習班了，望太他……應該是回去了吧。」

「應該？啊～八成又是對方有開口告知，但你卻渾然不覺的模式吧？」

面對春輝一如往常沒有對自己使用敬語的態度，身為教師的明智並未開口糾正。

除了因為他是春輝哥哥的朋友，所以兩人原本就認識以外，主要也是因為明智並不執著這方面的禮儀規範。他頂多只要求春輝「在學校要稱呼我為『老師』」而已。

（再說，他看起來根本不像老師啊。）

將雙手插進白袍口袋裡的明智，現在正用相當感興趣的表情窺探著筆記型電腦的螢幕。這樣的身影，感覺跟春輝等人沒什麼兩樣。看起來頂多像還在念研究所的學生，完全沒有「大人」的氛圍。

儘管不是娃娃臉，卻仍會讓人覺得他不像個大人，或許是因為明智給人一種捉摸不定、不食人間煙火的印象吧。

（如果要用一句話來形容，恐怕就是「可疑分子」了吧。）

「咦？什麼啊～原來你是在確認電影的內容喔。」

（……如果問他「不然你以為我在看什麼啊」，就是我輸了吧。）

春輝不發一語地關上電腦。明智或許是覺得他的反應很沒意思吧，於是將手搭上春輝的肩頭。

在春輝揮開他的手之前，明智壓低音量再次開口：

「在外頭一片烏漆抹黑的狀態下，會讓男高中生看得一臉認真的東西……就是那個了嘛？」

「我又沒問你！」

春輝開口吐嘈，然後揮開明智的手。後者這才嘻皮笑臉地從他的身旁退開。

chapter 3
～第3章～

「要巡教室的話，就趕快去啦。」

「不，明天才輪到我巡邏呢。」

「啥？那你到底來幹嘛啊？」

「當然是過來盡一名顧問的責任啊。」

聽到明智的嗓音突然正經起來，春輝停下手邊的動作，轉身望向他。

於是，明智朝筆直凝視著自己的春輝輕輕點頭。

「那場大賽，你通過初選嘍。」

「……喔～」

「如果能繼續過關斬將，摘下冠軍就好了呢。」

「……喔～」

「你的反應平淡到讓人想問『現在是怎樣！』耶。怎麼，不開心嗎？」

「…………」

最後，擠不出隻字片語來回應的春輝不禁屏息。

被告知通過初選的這場大賽，有著他極度渴求的獎品。

奪得冠軍的參賽者，將有機會到國外留學。

（就算沒拿到冠軍，我也打算去就是了。）

話雖如此，如果能透過最不會和周遭的人發生「革命」的方式出國，那就再好不過了。

自己拍攝的電影獲得認同，所以能去國外念大學——

倘若是基於這樣的理由，除了雙親以外，學校方面也能夠接受吧。

至少，比起「以遊歷各國磨練自己的方式，跑到國外念電影學校」這種計畫，前者會遇到的反對一定更少。

（可是，我為什麼……為什麼現在又開始迷惘了呢……）

「你啊，還是有些割捨不掉的東西在吧？」

這個時間點、這樣的發言內容，彷彿看穿了春輝的內心世界一般，讓他不禁雙肩微微一顫。

明智再次露出嘻皮笑臉的表情，一雙眼睛盯著春輝瞧。

「……都跟你說不要這樣觀察別人了。」

春輝不滿地怒瞪回去，但明智臉上的笑意愈變愈深。

就算不開口詢問，春輝也明白他的笑容代表著「被我說中了吧？」的意思。

（被咲哥一講之後才有所自覺，實在讓人很不甘心。不過……）

關於自己還有無法割捨的東西，以及那究竟是什麼，春輝也大致明白了。

同時他也發現，會在對方指摘之前都未能察覺這一點，是因為自己下意識地去忽略這個事實。

「古人這麼說過呢。『後悔莫及』或是『得不到的總是最好』。」

聽到對方澄澈的嗓音，春輝抬起頭來，發現明智已經走到教室的門前。

他轉身望向自己，然後罕見地露出為人師表的表情。

「就是這麼一回事。所以，你努力揮灑青春吧。」

什麼「這麼一回事」啊，前後兩句話完全搭不起來嘛。

儘管一瞬間想要這麼吐嘈，但春輝最後還是無言地目送明智的身影離開。

只剩下他一個人的教室，安靜到令人不快的程度。

回想起來，今年的夏天也在轉瞬之間結束了。

拍完電影的追加場景，準備正式進入後製作業時，新學期也開始了。

同時，制服換季期跟著到來，學生們紛紛將短袖換成長袖。

（感覺不太妙啊，好像只有時間一直在流逝似的……）

春輝走在空無一人的走廊上，使勁搔了搔後腦杓的頭髮。

構思遇到瓶頸的時候，他總是習慣像這樣在校內走來走去。

強制將整個腦袋淨空一次之後，他覺得答案就會不可思議地浮現。

「電腦也是這樣嘛。讓剩餘空間增加之後，效能就會跟著提昇。」

「如果再附加一個能夠靠自己返回教室的功能，就完美無缺了呢。」

蒼太深感同意地點了點頭，而優雖然臉上掛著笑容，眼裡卻沒有笑意。

一旦找到自己想要的答案，為了避免忘記，春輝會當場寫下來。因此，他只要離開社團教室，就時常會失蹤將近一小時。這種情況下，優和蒼太就會跑出來找他。

（他們倆真的很配合我呢～）

為了促進空氣流通而拉開一道縫隙的窗戶外頭，傳來棒球社高喊加油口號的聲音。

（……在操場上跑步的人又變少了。）

運動系社團在高三學生退休後，就只剩下高一和高二的社員，所以這也是理所當然的光景。

chapter 3

～第3章～

而春輝等人的電影研究社屬於文化性質社團，因此，雖然將社長和副社長的頭銜讓給學弟，但在畢業之前，他們仍打算繼續社團活動。

（畢業嗎……感覺好不真實喔～）

目前忙著進行後製的電影，同時也正是他們的畢業作品。

春輝本人比較沒有意識到「畢業」一事，但優和蒼太則不同。

由三個人合力拍攝一部電影，絕對是很有意義的事情——於是，他們讓自己的立場變得比過去更明確，然後積極加入製作。尤其是負責編寫腳本的蒼太。他以暗戀著即將畢業的學長的高一學生為女主角，完成了一部揪心的戀愛作品。

（……對我來說，這部電影絕對會是個轉機。）

最近，每當舉起攝影機，或是獲獎的時候，春輝內心的焦慮也會跟著變強。

這會不會跟上一部作品沒兩樣？自己拍攝的作品是有意義的東西嗎？

愈是思考，彷彿愈無法讓鏡頭對焦，也讓自己更加焦慮。而愈是焦慮，就愈會對自身的判斷喪失自信。當春輝察覺到的時候，他發現自己已經身陷這樣的惡性循環之中。

不過，跟那兩個人一起努力，應該就能夠讓他脫離現況。

讓春輝輕鬆穿越自己打造出來的框架，踏入嶄新的領域。

（最重要的是，我希望能做點什麼來回應他們……）

儘管內心這麼想，但他們三人之間卻開始出現一種動盪的氣氛。

特別是優。不知道他暑假時發生過什麼事，感覺說話經常衝著春輝來。

昨天那場討論會也是。原本是在確認燈里的作畫進度，但不知不覺中，話題卻變成了各自的戀愛情事。

最先祭出這個話題的人是春輝。

不過，他只是因為聽到蒼太說燈里是自己的初戀，才會迸出「被初戀弄得灰頭土臉的你，也沒有資格說別人吧，優？」這句話，並沒有其他的用意。

（……不對，這麼說是騙人的。）

chapter 3
～第3章～

說實話，他多少有點想讓優振作精神的意思。

與其不去確認夏樹真正的心意，只是以倍感煎熬的心情當她「告白預演」的對象，還不如坦率向她表白自己的感情。

「話說回來，你跟合田又怎麼樣啦，春輝？」

「沒怎麼樣啊。不過，她說這陣子暫時沒辦法和我一起回家了。」

那時候，優或許只是想用美櫻的名字來反擊春輝吧。

所以，春輝也沒有隱瞞，直接道出了事實。不過，美櫻其實是在暑假前就傳了那封簡訊給他，只是他覺得沒有必要鉅細靡遺地道出一切罷了。

「……是說，你跟合田在交往對吧，春輝？」

「啊，這個問題我也想問呢。」

出乎春輝的預料，優繼續追問，連一旁的蒼太也跟著加入。

他很明白，就算回答了這個問題，也不會發生任何改變。

因為自己跟美櫻之間真的沒什麼，所以也不需要隱瞞。

至於春輝喜歡美櫻一事，優和蒼太理應也察覺到了才對。一如春輝也明白他們倆的心意那樣，三人混在一起這麼久了，就是能知道這些事。

這是個好機會，乾脆承認吧。

雖然這麼打算，但內心的另一個自己卻隨即出聲反駁。

優會這樣追問美櫻的事，是因為他仍處於「會錯意」的狀態之中。

聽到夏樹對自己告白，卻又表示那是「告白預演」的優，判斷夏樹的真命天子另有其人。

而春輝似乎也被他列入了真命天子的候選人當中。

（雖然我也覺得「為啥是我啊」，但畢竟對方是夏樹。想猜出她的真命天子後補人選，真的很有難度呢。）

chapter 3
～第3章～

夏樹的真命天子正是優本人，所以，她理所當然不會和其他男生傳出感情方面的八卦。就算經常與春輝等人嘻笑打鬧，但周遭的人都明白一行人是青梅竹馬，因此也不會特別將這種事掛在嘴上。

然而，夏樹不見得會將青梅竹馬排除在「對象範圍」以外這點，優比任何人都來得清楚。

所以，他才會把春輝列為候選人之一吧。

（是說，他視野會不會變得有那麼點太狹隘了啊……）

說得無情一點，優要怎麼誤會整件事，其實都是他個人的自由。

然而，他沒有向夏樹表明自己真正的心意，只想透過收集情報的方式來讓自己安心。這樣的做法，實在讓春輝看不下去。

（雖然夏樹也用「告白預演」這藉口，在關鍵時刻臨陣脫逃就是了。不過……）

儘管如此，她確實往前邁進了一步。而在不遠的將來，夏樹必定會「正式上場」吧。

正因如此，春輝不希望優用這種輕鬆的方式讓自己逃避。

「問這個又能怎樣？假如我跟合田在交往……不對，假如我說自己喜歡夏樹以外的人，你就會放心了嗎，優？感到放心，然後就結束了？」

要是夏樹的真命天子是我以外的人，你又要怎麼辦？你給我去告白啦。不這麼做的話，結局不會有任何改變喔。

春輝沒有再次出聲，只是靜靜地凝視著優。相較於此，優同樣沒有吭聲，以有些愣住的表情回望著春輝。

片刻的沉默後，社團教室籠罩在一股緊張的氣氛之下。

多虧了蒼太，兩人的友誼才沒有就此決裂。

原本一直在旁靜觀的他，沒有開口責備突然做出挑釁發言的春輝，也沒有試圖說些打圓場的話。

他只是以一句「你餓不餓？」來改變話題。

chapter 3

～第3章～

（雖然在那之後，優似乎又被綾瀨反將一軍就是了。）

抵達拉麵店後，他們莫名其妙地變成和戀雪四人一起圍著桌子坐下的狀況。

讓這個意外組合實現的，是蒼太的那句呼喚聲。

「阿雪～！不對，綾瀨同學！不嫌棄的話，要不要跟我們一起去吃拉麵？」

「啊哈哈，叫我阿雪就可以嘍。請務必讓我同行吧。」

或許是因為對戀雪的形象大改造相當感興趣吧，在路上看到對方的背影後，蒼太就不禁開口喚住他。

而戀雪雖對這唐突的邀約感到吃驚，還是帶著笑容爽快答應了。

對春輝來說，感覺只是一起吃麵的同伴多了一個，所以他並沒有特別反對。

不過，只有優臉上罕見地浮現了困擾的表情。

基於這樣的反應，春輝判斷優八成在暑假時和戀雪發生過什麼事。認為機不可失的他，重重朝優的背後拍了一下。

「這不正是個好機會嗎？你們倆就攤牌把話說清楚吧。」

一如春輝所言，這造就了優和戀雪正面交鋒的機會。

眾人吃完拉麵踏出店外時，戀雪叫住了優，之後兩人似乎談了些什麼。

（哎，八成是夏樹的事吧……那兩個傢伙不知道會怎麼做啊。）

最有效率的解決方式，就是讓夏樹從告白預演這個藉口畢業，然後正式上場。

不過，春輝也明白對她懷有這種期待太過強人所難。

夏樹同樣是他重視的兒時玩伴之一。可以替她加油打氣，但不能胡亂慫恿她。

如果戀雪要向夏樹告白，那同樣也是他的自由。畢竟，誰有權利說出「反正結果已經很明顯了，你去告白只會讓事情更複雜，所以還是把這份感情掩埋在內心深處吧」這種話呢？

喀噠！

chapter 3
～第3章～

聽到突然傳來的聲響，春輝不禁停下腳步。

或許是一直在沉思的緣故，他一下子無法判斷自己身在何處。

環顧周遭之後，掛在教室外頭的牌子映入眼簾。

（什麼啊，原來是優的班級……）

春輝隨意朝裡頭瞄了一眼，瞥見一個熟悉的包包頭出現在那裡。

他一瞬間覺得哪裡怪怪的，後來發現是因為夏樹正坐在優的位子上。

她一動也不動地趴在課桌上。

（喂喂，那傢伙該不會在哭吧？）

雖然想離開，但因為很在意夏樹的狀況，春輝還是踏入教室裡。

「夏樹？妳在幹嘛啊？」

或許是突然聽到春輝的聲音，讓她嚇了一大跳吧，夏樹大喊一聲「哇啊！」，然後猛地從座位上起身。

春輝若無其事地觀察夏樹的臉，沒有看到淚水的痕跡。

他暗自鬆了一口氣的同時，這名青梅竹馬手足無措的嗓音傳來。

「春……春輝？怎麼了，你忘了拿什麼嗎？呃，不對，我們不同班啊。」

「自己耍笨再自己吐嘈，有勞妳啦～是說，妳在優的座位上做什麼，夏樹？」

儘管自己也覺得這個提問很壞心，春輝仍一針見血地開口。

一如所料，夏樹的臉蛋瞬間漲紅。

因為春輝跟他們不同班，夏樹八成以為他不知道這是優的座位吧。她拚命揮舞雙手，嘴上支支吾吾地唸著「不，那個……我……」試圖辯解。

（原來如此……她是故意跑來坐優的位子嗎？）

如果沒有什麼特別的用意，就不需要慌張成這樣了吧。

雖然也可以用「我只是借坐一下啦」或「原來這裡是優的座位喔？」之類的說法蒙混過去，但會讓夏樹這麼緊張，理由想必只有一個。

（不過，我也不打算一一吐嘈就是啦。）

既然都來了，順便把字典拿回去吧——春輝這麼想著，並朝優的座位走近。

原本跟優約好在社團活動結束後還給自己，但先過來拿應該也無所謂。

（而且也能當成我在這個時間點踏入他們教室的理由。）

面對尷尬杵在原地的夏樹，春輝以手指向優的課桌，示意她讓一讓。

「順帶一提，我是過來拿一個借給他很久的東西。讓我看一下抽屜吧。」

「啊，嗯……」

優的抽屜一如往常的整齊，讓春輝隨即找到了自己的字典。

從哥哥那裡傳承下來的這本字典，封面已經相當破舊，一看就知道經常被翻閱使用。

在持有人變成春輝之後，內頁又多了不少便利貼和註記的紙條，讓整本字典變得更加厚重。

「……英日字典？」

「嗯，有個特地出給我的作業，所以需要用到它。」

「對喔！因為你的英文簡直沒救了嘛，春輝。」

「少囉唆！妳也只有現在能說這種話啦。我將來絕對會說得一口流利的英文。」

這段和平常沒兩樣的輕鬆應答，讓春輝聽到夏樹放心吐出一口氣的聲音。

想繼續佯裝一無所知的態度是很簡單的事情，不過，昨天的優和戀雪的身影，此時在春輝的腦中閃過。

倘若讓夏樹告白的時間點被優等人的問題影響，那就太奇怪了。

雖然剛剛才做出結論，現在卻又變得在意得不得了。

（從背後稍微推她一把，應該沒關係吧……？）

「所以，妳的告白預演，現在還沒進展到正式上場的階段嗎？」

「……這……這個……我……」

chapter 3
～第3章～

聽到春輝突然提起這件事，夏樹的肩頭輕輕震了一下，很明顯地慌張起來。

他曾聽夏樹提過，進入九月後，因為必須專注在準備繪畫大賽上，所以告白預演也暫時中斷。不過，只需要靜待大賽結果出爐的現在，這樣的藉口就不管用了。

夏樹自己應該也很明白這一點。

「……對不起，我真沒出息。」

看到夏樹沮喪地垂下雙肩的模樣，春輝有些後悔。

（她說的這句「對不起」，恐怕是為了兩件事道歉吧。）

真心告白到頭來變成告白預演一事，以及自己遲遲未能正式告白一事。

就算這樣，夏樹其實也沒有必要這麼老實地道歉。但她或許是認為，春輝在放暑假之前曾經協助自己進行告白，所以就算現在被他唸個幾句也無可奈何吧。

（沒錯，夏樹就是這種個性呢……）

是個表裡一致的「好人」，鮮少懷疑其他人。

雖然本人應該會加以否定，但看在旁人眼裡，夏樹的腦中似乎沒有「他人有時也可能基於惡意而行動」這樣的事情。

就像現在，她也認為春輝是因為擔心自己，才會提出這種問題。

（……嗯，我的確也有點擔心她就是了。）

為了避免夏樹再次因為這種誤會開口道歉，春輝朝她露齒賊笑。

只要讓她認為剛才的提問純粹是一種調侃就好了。

「不會啊。畢竟妳也有適合自己的時機吧。我可說不出『我支持妳，所以趕快去痛快地被甩掉吧！』這種話呢。」

「春輝，這不好笑耶。」

夏樹一本正經地抗議，但她看起來比剛才輕鬆不少。

春輝稍微放下心中的大石，然後毫不客氣地放聲大笑起來。

「……不過，我也沒資格說別人就是了。」

聽到自己分外苦澀的語氣，春輝內心不禁浮現困惑。

看來，他似乎比自己所想像的更在意美櫻的那封簡訊。

chapter 3

～第3章～

而夏樹似乎是為他突如其來的內心話嚇了一跳，愣愣地眨了眨雙眼。

「我第一次聽說耶！原來你也有喜歡的人嗎，春輝？」

「對啊，不行嗎？」

「沒這回事，我支持你喔！」

「竟然馬上這麼回答啊。」

春輝忍不住噴笑。但夏樹並沒有跟著笑出來，只是直直盯著他瞧。

這樣筆直的視線讓春輝有些不自在，於是他「嗯？」了一聲，催促夏樹繼續開口。

「那你為什麼沒有告白呢？」

「……我想先把現在拍攝的作品完成，不然總覺得靜不下心來。」

春輝極其自然地回答，彷彿自己早已預先設想好這樣的答案。

夏樹自己也用了類似的理由拖延正式告白的時間，所以她看起來似乎也無話可說。她像是試圖咀嚼春輝的發言一般，微微歪過頭發出呻吟聲。

最後，看似找到答案的她，表情豁然開朗起來。

依據長年以來的相處經驗，這種情況下，夏樹八成又會道出語不驚人死不休的發言。春輝暗自做好心理準備，等著她發表衝擊性的宣言。

「既然這樣，你要不要也來試試告白預演？」

果然是個完全出人意表，又完全讓人無法理解的邀約。
怎麼會是「既然這樣」啊。
無法告白的話，進行告白預演就好了——這是哪門子的發展啊，簡直令人跌破眼鏡。
無言以對的春輝用聽起來有些脫力的嗓音回應：

「……啥？」
「我的意思不是要你先跟對方告白，然後再說那是預演……」
「噢，是要我把妳當練習對象？」
「沒錯！我之前也實際嘗試過，不過，雖說是練習，還是會緊張得不得了呢。然後啊，跟對方說出『喜歡』之後……」

chapter 3
～第3章～

至此，夏樹頓了頓，以手隔著開襟毛衣輕觸心臟所在的位置。

看到她臉上洋溢著無法言喻的幸福，春輝不禁屏息。

「就會湧現『下次一定要真的告白』這樣的想法喔。」

「……哦，感覺還不賴嘛。」

在春輝察覺到之前，自己已經自然而然地這樣回應夏樹。

聽到她說對優的真心告白最後變成告白預演時，春輝其實有點失望。再加上之後又得知優真的誤以為夏樹的真命天子另有其人，這一切甚至讓春輝湧現「當初如果說那個告白是開玩笑的，或許還好一點」的感慨。

（說真的，我現在有時還是會這麼想呢……）

不過，在夏樹的表情之下，他彷彿已經看到了解答。

「為什麼人會喜歡上另一個人呢？」

自己脫口而出的這個問題，答案一定是——

（這麼說來，這好像是我打從出生之後第一次告白耶？）

意識到這一點的時候，春輝的心跳瞬間加遽。

明知道這只是一場告白預演，緊張的情緒卻一直無法緩和下來。

（……搞什麼啊，我其實根本超遜的嘛。）

儘管覺得很沒出息，但在承認自己就是這副德性之後，心情似乎也跟著輕鬆了一些。

在春輝唸唸有詞地練習告白時，他瞥見夏樹緩緩走到遠方的身影。

她想必是出自於體貼，所以想讓春輝獨自留在座位上練習吧。

（我是很感激她的心意啦，但這麼做其實會帶來反效果耶。）

「等等，我準備好了。那就拜託妳啦。」

自己連忙開口喚住夏樹，聲音急切到讓春輝想笑出來的程度。

夏樹有些吃驚地停下腳步。

「啊，嗯……」

chapter 3
～第3章～

春輝深呼吸，然後一步步拉近和夏樹之間的距離。

或許是無法忍受這種緊繃的氣氛吧，夏樹垂下了頭。

「……那個啊……」

儘管只是吐露出短短三個字，嗓音卻很明顯地顫抖著。

春輝感覺火辣辣的熱度竄上自己的臉頰，心臟也跟著抽痛起來。

或許是被他的緊張情緒感染了吧，抬起頭來的夏樹，同樣頂著紅通通的一張臉。

（糟糕，我原本想說什麼來著？）

春輝的腦袋一瞬間變得空白，原本想好的台詞也全都消失無蹤。

從口中迸出來的，無庸置疑是他的真心話。

「妳或許是誤會什麼了吧。我喜歡的可不是那傢伙……」

不對，這聽起來根本像藉口啊。

另一個自己在內心這麼吐嘈。因為，這件事同樣讓春輝一直耿耿於懷。

自從和美術社進行討論會之後，美櫻的樣子就變得不太對勁。

那封表示「暫時無法一起回家」的簡訊，是否背後也有著「不想跟你一起回家」的意思呢？

「我覺得你不要凡事都用自己當基準比較好喔，春輝。」

蒼太曾幾何時說過的這句話，再次浮現於春輝的腦中。

那時的他不了解這句話的含意，但現在，春輝覺得自己好像明白了。

在那場討論會中，春輝刻意給予美櫻相當嚴厲的評價。

原本是想藉此從後方推動她前進，但到頭來，自己或許只是將美櫻逼入死角罷了。

（……其實，我也覺得結果可能真的是這樣。）

然而，那時的春輝並不想承認自己的失敗。

因為他認為自己最了解美櫻。

chapter 3
～第3章～

儘管如此——

就算是這樣，春輝的心意也不會改變。

他要好好傳達給對方，然後邁出嶄新的一步。

「我喜歡的人……是妳。」

告白結束的瞬間，教室的門突然「喀噠」地重重晃了一下。

春輝和夏樹像是觸電般猛地轉頭，但沒看見半個人。

「……是風吹的嗎？」

「大概吧。」

這是告白預演結束後的一段意外小插曲。感覺心臟幾乎要炸開來的春輝，有些擔心地以手輕輕撫上自己的胸口。

他朝夏樹瞄了一眼，發現後者也做出同樣的動作，兩人簡直像在照鏡子似的。

而夏樹也發現了這一點。四目相接之後，他們不禁輕笑出聲。

「真不妙啊～原來告白是讓人這麼緊張的事情。」
「現在才問雖然有點晚，但你是第一次告白嗎，春輝？」
「對啊。因為我平常都是被告白的那一方。」
「啥？你還真敢講耶～」

夏樹一如往常地開口反擊。方才緊張無比的氣氛早已煙消雲散。
哈哈大笑的同時，春輝不經意地朝走廊上一瞥——

（那是……望太跟……早坂？）

發現外頭出現兩個熟悉的背影，讓春輝不禁瞪大雙眼。
他們是否聽到剛才的告白預演了？會不會因此而產生誤解？
雖然有很多令人在意的事情，但或許只是自己看錯了，所以春輝並沒有追上去。

chapter 3
～第3章～

（就算聽到了，只要之後跟他們澄清誤會就行了。）

這時，春輝還沒發現自己再次做出錯誤的判斷。

不要凡事都用自己當基準比較好——

在很久很久之後，他才終於真正理解到蒼太這句忠告的意思。

邁入秋天後，夜晚的時間也逐漸拉長。

最近，黃昏總是來得相當早，所以放學後也不方便到處閒晃。

大概再過不到一小時的時間，太陽就會沒入西山了。

（這樣的話，等美櫻回到家，天都黑了呢。）

他必須現在馬上說出口。

然而，他們倆確實已經許久沒有像這樣獨處了。因此，春輝內心的另一個自己，同時也默默期盼這一刻的每分每秒能長久持續下去。

他朝身旁的美櫻偷瞄，發現她正無語地眺望西沉的太陽。

（唉唉～如果有把攝影機帶來就好了。）

春輝相當中意從階梯最上方往下俯瞰的景色。靜靜眺望這樣的風景，是很不錯的打發時間的方式。之前，他也數度想用攝影機來捕捉這樣的美景。

然而，他未曾讓美櫻的身影加入這個風景當中。

除了春輝自己會難為情以外，主要是因為美櫻本人不喜歡入鏡的緣故。

有一次，春輝曾半開玩笑地將鏡頭轉向美櫻，結果後者漲紅了臉，還露出幾乎要哭出來的表情。

「咦？怎麼了，妳不喜歡被拍嗎？」

「該說不喜歡嗎……比起我這種拍攝對象，有其他更多值得一拍的東西才對呀！」

看到美櫻激動的反應，春輝只好轉而將鏡頭對準天空。

他知道美櫻生性害羞，對他人也總是相當客氣。

正因如此，春輝才會覺得她的一言一行都讓人會心一笑。然而，現在回想起來，在美櫻說出「比起我這種拍攝對象」的時候，自己沒能確實否定她這種說法，讓春輝懊悔萬分。

別說什麼「比起我這種拍攝對象」啦。

因為我想拍的就是妳啊。

就算這麼說，或許也無法一下子扭轉美櫻的想法吧。

儘管如此，用自己的話語，確實將自己的感受和想法傳達給對方，是遠比春輝所想的更加重要的事情。

（……到頭來，就是這種細節日積月累的成果嘛。）

下個星期，電影大賽的結果就會出爐。
在那之前，春輝再一次地前往美術室，向美櫻提出一起回家的要求。
他希望自己能不為任何人事物左右，率直地將心意傳達出去。

兩人的對話已經停頓了好一陣子。
於是，在一次深呼吸之後，春輝下定決心望向美櫻。

「春……春輝，你有喜歡的人嗎？」

然而，美櫻卻在這個絕妙的時間點率先丟出問題。
失去開口時機的春輝不禁屏息。
「啊……不是……呃……」
而突然語出驚人的美櫻，現在也在自己面前用力地揮舞雙手，拚命思索下一句發言。
儘管決定豁出去一問，但在回神之後，或許還是讓她相當難為情吧。
（話說回來，我們都沒聊過這方面的話題呢。）

chapter 3
～第3章～

面對突如其來的發展，春輝嚇了一跳，但也覺得這反而是個好機會。
他調適好心情，然後再次開口。

「嗯，有啊。」

原本還有點擔心，但自己的聲音聽起來比想像的更清楚。
這樣的話，他的回答應該也確實傳入了美櫻耳中才對。
春輝刻意忽略狂亂的心跳聲，悄悄窺探美櫻的反應。

美櫻以不太自然的動作抬起頭來，水汪汪的雙眼像是想要向他傾訴些什麼。
（啊，這樣不行。）
要是對方先開口說了什麼，自己一定會把想說的話硬生生吞回去。
在這樣的直覺驅使下，春輝反射性地別過臉去。

「我有喜歡的人。」

春輝再次確實表態。

隨後，他先是感受到身旁的美櫻屏息的反應，接著才聽到她輕聲開口。

「啊……這樣呀。」

美櫻的回應只有這麼短短一句。

春輝耐著性子等待片刻，但沉默仍持續籠罩著兩人，只有自己的心跳聲愈來愈激烈。

（她為什麼什麼都不說……？）

疑問、期待、不安。

內心的各種情緒凝聚成漩渦，彷彿想從身體裡衝出來似地激烈打轉著。

春輝按捺著想就此大喊出聲的衝動，佯裝若無其事的態度問道：

「妳呢？」

這次，美櫻屏息的反應更明顯了。

春輝沒有轉頭，僅移動雙眼觀察美櫻的樣子。但因為後者低垂著頭，所以沒能看到她臉上的表情。

春輝將視線落在地上，不經意地瞥見兩人隔著一段微妙距離的手。

（……這段距離，大概是十公分吧。）

約莫是一個拳頭的寬度。如果伸出自己的手，應該就能碰觸到美櫻的指尖。

儘管腦中這麼想，春輝卻連一根手指都動不了。

（我連十公分的距離都無法縮短嗎……！）

「有呀！」

一瞬間，春輝還不明白美櫻說了什麼。

他努力眨了幾次眼，大腦回路這才重新開始運轉。

自己問美櫻有沒有喜歡的人，美櫻回答「有」。

儘管只是很單純的一問一答，對春輝來說，卻是一件相當重大的事情。

（原來她有喜歡的人啊……）

春輝像是再次確認般在內心低喃，然後感覺心臟宛如被人狠狠揪住似地發疼。

他無法呼吸，視野開始扭曲變形。

同時，身旁的美櫻突然起身，並拾起擱在一旁的書包。

（嗳，別走啊……拜託妳別走……！）

雖然在內心拚命呼喚，但喉嚨卻只是發出咻咻的呼吸聲。

這真的是自己的身體嗎？

春輝發不出聲音，也無法拉住美櫻的手挽留她。

他只是呆坐在樓梯最上層，然後望著美櫻逐漸走遠的背影。

chapter 3
～第3章～

美櫻以輕快的腳步走下樓梯。她像貓毛般柔軟的髮絲和裙襬隨風搖曳著。

踏下第四層階梯時，她才終於回過頭來。

「我想起還有一點事要辦，所以就先回去嘍。」

「……嗯，再見。」

聽到美櫻開口，春輝下意識地這麼回答她。

自己的聲音透過鼓膜傳入耳中時，他簡直後悔莫及。

（糟糕……我不只笨拙，還是個大白痴啊。）

現在這個瞬間，理應是自己最後的機會才對。

雖然心裡很清楚，他卻裝出通情達理的態度，卯足全力逃進安全地帶。

美櫻只是輕輕點了點頭，沒有再多說一句話。

不知道是真的有急事，或是單純不想繼續待在這裡，美櫻像是逃跑般飛也似地離開了。

而這樣的事實，同時也尖銳地深深刺進春輝的胸口。

「那個人竟然不是我嗎！」

美櫻的身影完全從視野中消失後，春輝呈大字狀往後倒在地上。

秋風撫過他燥熱的雙頰。

在視野中慢慢扭曲的夕陽，美麗到令人恨得牙癢癢的程度。

「咦，美櫻？」

一個呼喚自己的聲音從身後被寒風傳送過來。

（……是燈里……）

chapter 3

～第3章～

剛才一路奔跑，缺氧的腦袋呈現略為呆滯的狀態。
感覺有幾分非現實的美櫻，緩緩眨了幾下眼睛。

眨一眨。再眨一眨。
為了讓劇烈的心跳平靜下來，美櫻不斷重複眨眼的動作。
感覺眼角隨即溢出溫熱的液體之後，她連忙伸出手背擦拭。
（不行，不可以哭……）
愈是這麼告訴自己，視野就愈是扭曲變形。

如果無法轉頭面對燈里，至少出聲回應她一下。
還是說，裝作沒聽到她的呼喚，繼續往前走會比較好？
在美櫻無法做出決定的時候，她聽到朝自己趕來的跑步聲。

「美櫻，我們一起回家吧～？」

伴隨著柔和的嗓音，燈里以清澈的眸子望向美櫻。

在兩人四目相接的下一瞬間，燈里屏息，一雙柳眉也跟著緊蹙。

（被她看到我在哭了……）

原本強忍的情緒跟著傾洩而出，讓美櫻的淚腺潰堤。

「不是……我……」

燈里一語不發，靜靜傾聽著美櫻噙著淚水的聲音。

像是受到那雙溫柔環抱著自己的手臂鼓舞，美櫻哽咽著繼續開口：

「他說有喜歡的人了……」

「嗯。」

「我只是在自作多情……」

回想至今的點點滴滴，春輝並沒有對自己說出什麼關鍵性的發言。

chapter 3
～第3章～

但不知為何，美櫻卻不可思議地如此認定。
認為春輝如果有喜歡的人，那個人或許就是自己。

春輝為人很好親近，同時擁有能夠馬上和他人打成一片的能力。
但另一方面，他也有無法讓別人踏入的領域。
基於這種會在內心明確劃分界線的個性，春輝也能敏銳察覺到他人偏好的距離感。所以，他不會讓跟自己相處的人感到不快，總是能建構出舒適自在的關係。

（不過，春輝不太常跟女孩子說話呢。）
這是美櫻開始和他一起回家之後發現的。春輝和她聊天的話題多半都跟男孩子有關，幾乎沒聽他提及其他女孩子的名字。
會讓春輝主動上前攀談的，大概只有青梅竹馬的夏樹，還有美櫻而已。

說到春輝和夏樹的互動……為了督促夏樹向優告白，春輝從背後推了她一把。
如果春輝是將夏樹視為異性懷有好感，應該就不會這麼做了。

依照春輝的個性，就算要聲援對方，也會先將自己的心意傳達出去才對。聽到對方的答覆，並整理好自己的心情後，再來替對方加油。

美櫻企圖透過這種自以為是的臆測，以及樂觀的推論，讓自己放心。

然而，僅蒐集對自身有利的事實，並不時拿出來檢視，並沒有任何意義。

現在，美櫻終於承認那個自己一直不願正視的現實。

這兩年多以來，她都只是待在春輝的身旁而已。

光是這樣就覺得很開心的她，從未多做什麼讓春輝轉過頭來看看自己的努力。

「可是，我不想放棄。」

回神過來的時候，美櫻發現自己明確地這麼表示。

不是「無法放棄」，而是「不想放棄」。

擅自會錯意讓她相當難為情，所以美櫻從春輝的眼前逃開了。

chapter 3
～第3章～

她甚至認為自己已經沒有臉再和對方繼續相處下去。

儘管如此，美櫻的內心卻仍殘留著如此強烈而確實的情感。

「……嗯，我知道。」

燈里的這句發言，比任何鼓勵的話語都要來得有力，讓美櫻胸中湧現一股暖流。

雖然美櫻仍覺得這樣的自己很沒出息，但心情稍微開朗了起來。

「對了，我家有蛋糕喲！」

「咦？」

聽到燈里唐突地改變話題，美櫻不禁抬起頭來。

低頭望向她的燈里，眼中滿溢著溫暖的光輝。感覺自己彷彿完全被接納、被認可的美櫻，淚水也跟著止住。

「是車站附近那間星屋的新產品喔！妳要吃嗎？」

「我……我要吃～！」

為了回應燈里的溫柔，為了向前邁進，不能再繼續哭哭啼啼了。

美櫻雙手緊緊握拳，強而有力地說給自己聽。

「今天放縱自己吃一些甜食，應該也沒關係吧。」

跟最喜歡的好友吃很多很多甜食吧。

今晚就不要忍耐，也多吃一碗白飯吧。

好好泡個熱水澡，捧著用小鐵鍋煮熱的可可，觀賞自己最喜歡的那部電影吧。

像平常那樣熬夜，早晨到來之後，就再次展露笑容吧。

美櫻這麼說服自己，然後一步步往前邁進。

這時，她發現原本和自己並肩行走的燈里不見人影，於是轉過身喚道：

「燈里～？」

聽到自己的呼喚聲之後，美櫻看到燈里焦急地擦了擦眼角。

是有東西跑進眼睛裡了嗎？還是——

chapter 3
～第3章～

「來，快點快點～！蛋糕可不會等人呢。」

美櫻刻意忽略燈里前一刻的反應，朝她用力揮手，並再次出聲呼喚。

燈里一瞬間露出像是放心的表情，隨後又綻放出燦爛的笑容。

「……啊哈哈！那我們就來比賽，看誰先跑到車站吧。」

接近夜晚的天空，浮現取代太陽散發出淡淡光輝的明月。

明天想必也是好天氣吧。這麼想著的美櫻，帶著微笑往坡道前方奔跑。

chapter4
~第4章~
早坂燈里
生日／12月3日
射手座
血型／O型
美櫻的好友。
美術社社長。
雖然很受男生歡迎，
但其實個性怕生。
和天賦異稟的春
輝有許多共鳴
處。
Akari Hayasaka

望月蒼太

生日／9月3日
處女座
血型／B型

隸屬於電影研究社。
和春輝、夏樹、優四人是兒時玩伴。
最喜歡燈里，時常淪為眾人調侃的對象。

chapter 4 ～第4章～

好好寵愛自己的隔天，感覺身心都輕鬆了不少。

早上原本還有些紅腫的眼睛，現在也已經恢復正常。

（全都是多虧燈里呢～）

坐在自己對面的燈里，現在正以極度認真的雙眼凝視著素描本。

今天，放學後的美術室裡人特別多，也比較嘈雜。但周遭的聲音似乎完全沒有傳入燈里耳中。她仍聚精會神地用鉛筆在紙上揮灑。

雖然也想練習一下素描，但美櫻卻遲遲無法從椅子上起身。

她身旁的夏樹似乎也有些坐立不安，雙眼不時朝教室大門望去。

不，不只是夏樹，聚集在美術室裡的社員個個都靜不下心來。眾人都在等待身為顧問的松川老師踏入教室。

（大家果然都很緊張呢。畢竟終於要公布結果了。）

宣布大賽結果的那個瞬間，無論經歷過幾次，美櫻都無法習慣。

相較於發考卷的時候，這又是一種截然不同的壓力。

考試的話，在解題時就能大致感覺到結果是好是壞，也能在交卷後粗估自己的分數。

如果有還是搞不懂的題目，也能去請教出題老師。

然而，如果是繪畫比賽，評分標準就令人無法掌握了。

儘管如此，美櫻的作品總是獲得「不會太糟糕，卻也沒有特別突出」的評價。

對這一點心知肚明的她，其實也為此煩惱不已。

「雖然作畫技術很棒……不過，總覺得有種『範本』的感覺呢。」

春輝在討論會所發表的感想，一針見血地指出美櫻的弱點。

在有規定作畫主題的比賽中，美櫻多半能表現出一定的成果。

不過，遇上「自由發揮」的情況時，就會讓她完全無法動筆，只能束手無策地面對一片空白的畫布。

這種時候，美櫻總會有種彷彿自己的內在空無一物的深刻感受，也讓她因此更害怕。

（……不過，已經不要緊了。）

想改變的話，就必須先正視、接受現實。

另外，努力不懈地持續作畫，也是很重要的一件事。

過去那個膽小的自己，應該也有能力脫離負面的輪迴才是。

只要內心還有著堅強的意志存在。

教室大門喀啦一聲被打開。是松川老師。

看到帶著滿面笑容的她，有社員獲獎的好消息可想而知。

原本嘈雜的美術室一瞬間安靜下來，裡頭的所有學生都靜待著老師開口。

chapter 4
～第4章～

「早坂同學、合田同學，恭喜妳們！」

松川老師道出燈里獲得最優秀獎，美櫻獲得佳作的結果。

社員一窩蜂地湧向黑板所在處，檢視貼在上頭的入選名單。

「學姊，恭喜妳們。我就知道妳們絕對會入選呢！」

「這樣一來，連續獲獎的紀錄又更新嘍～」

在學弟妹圍繞下，燈里有些靦腆地笑著。

同樣露出笑容道謝的美櫻，突然察覺到夏樹沉默不語的反應。

夏樹杵在和他們有一段距離的地方，彷彿被排除在這群人之外。

（這次的比賽，小夏也有參加對吧……？）

感到不可思議的美櫻再次審視黑板上的入選名單。

看到最後一行，然後再回到最上方。

因為怕自己漏看了，美櫻又重複檢查一次，但仍然沒看到「榎本夏樹」這個名字。

松川老師曾說過，作畫者和比賽之間也存在著契合度。

不知該說是好或是壞，這三年以來，美櫻逐漸實際感受到這件事。

好比「有無規定作畫主題」會大大影響美櫻的成果一般，夏樹應該也有不擅長的領域。

這次想必只是她跟比賽的契合度不好吧。

（小夏應該也明白這點才對……）

總覺得有種不好的預感。

美櫻內心湧現一股難以言喻的不安，於是她繼續觀察樣子不太對勁的夏樹。

將視線從入選名單上移開後，夏樹緩緩仰頭望向天花板。

她的側臉看起來出乎意料的平靜，讓美櫻不禁屏息。

（……燈里是不是也很在意呢？）

燈里離開學弟妹的包圍，和美櫻同樣對夏樹投以關切的視線。

chapter 4
～第4章～

夏樹並沒有察覺到她們倆的視線，只是轉身背對黑板。

隨後，她回到自己方才坐的位子上，開始收拾書包。

（咦，她要回家了嗎？）

美櫻還愣在原地的時候，夏樹已經揹起書包，快步朝門口走去。

在夏樹準備拉開教室大門時，燈里終於出聲呼喚她。

「小夏？妳要去哪裡？」

「我要去看牙醫！我忘記預約日期改成今天了。」

「咦？可是妳昨天也……」

夏樹以有些焦躁的語氣打斷燈里困惑的提問，說道：

「抱歉，我得走嘍！」

「小夏！」

燈里再次出聲呼喚，但夏樹並沒有停下腳步。

在這種距離之下，她不可能沒有聽到燈里的聲音，卻還是執意離開。

尷尬的空氣籠罩著留在教室裡的兩人。這時，燈里突然猛地轉頭望向美櫻。

「……美櫻，我去追小夏。」

「嗯……嗯。」

她倉促地收拾書包，然後為了追上夏樹的背影而衝出教室。

燈里不擅長運動的程度，其實跟美櫻不相上下。她不但跑得很慢，除了上體育課的時候以外，也幾乎不會跑步。可是，她仍卯盡全力衝刺，試圖追上夏樹。

（她們倆難道發生過什麼事嗎……）

印象中，燈里從今天早上就有點不對勁。

不但動不動嘆氣，還時常發呆。就算聽到別人開口呼喚她，做出的反應也總是慢半拍或是很平淡。

到了午休時間，美櫻更進一步察覺到燈里的異常。

燈里像是在窺探夏樹的反應般，一直定睛凝視著她。

chapter 4
～第4章～

一開始，美櫻純粹以為燈里是認真在傾聽夏樹的發言。

然而，當夏樹將話題帶到燈里身上時，後者卻迅速移開自己的視線。

儘管如此，燈里仍會以活潑的態度加入對話，所以夏樹和美櫻也就沒有深究理由。

（昨天，我到她家叨擾的時候，燈里感覺還好好的……吧？）

準備離開時，美櫻提到了下次約夏樹一起去星屋的事。

倘若燈里內心真的對夏樹有什麼疙瘩，就算沒拒絕，應該也會表現出不同反應吧。

（……不對，或許不見得呢。）

仔細想想，那時，燈里臉上的笑容，透露出些許困擾的神色。

「下次也約小夏，我們一起到店裡吃吧。」

「……也是呢，如果她願意的話。」

美櫻原本以為那是「如果夏樹有空的話」的意思。

不過，如果是她誤解了呢？

她們三人都熱愛甜食，所以夏樹不可能排斥去蛋糕店。

那麼，燈里是認為夏樹會因為什麼而反感呢？

難道那句話的意思是「如果她願意跟我們兩個一起去的話」嗎？

（不對，這怎麼可能呢！夏樹沒有理由討厭燈里呀……）

儘管企圖否定自己的推理，但想到燈里跟夏樹之間可能發生過什麼只有她們倆知道的問題，美櫻就十分不安，無法完全推翻這樣的臆測。

「合田同學，妳現在有空嗎？」

窩在美術準備室裡的松川老師從門後探出頭來。

看到她朝自己招手，美櫻點了點頭。

（老師找我有什麼事呢……是要歸還作品？還是幹部交接的事情？）

櫻丘高中的美術社，每年都會在這個時期進行幹部交接。

chapter 4
～第4章～

交接時不是採提名制，而是由前一任幹部直接指名。身為社長的燈里，以及副社長的美櫻，必須參考這次的大會比賽結果，鎖定下一屆幹部的候補人選。

雖然老早就聽說過這個制度，但美櫻仍覺得身子沉重到令她無法站起。或許是自己的內心某處仍不想面對畢業吧。

（燈里已經決定好人選了嗎……）

關上門之後，學弟妹嘈雜的交談聲被隔絕在外，室內一口氣安靜下來。

松川老師將一張紙遞給美櫻，然後露出微笑表示：

「其實啊，我們今年也收到了去繪畫教室擔任老師的委託呢。」

「是指里民服務中心那間繪畫教室嗎？」

「沒錯。去年來上課的那些學生，希望我們今年也一定要繼續指導他們喔。」

配合藝術之秋的到來，櫻丘里民服務中心每年都會開設短期的繪畫教室。

學生的年齡層相當廣泛，從幼稚園學生到和祖父母同年代的長者都有。

櫻丘高中美術社會指派社長和副社長擔任主要成員，以志工的形式參加。去年，擔任老師的是燈里、夏樹和美櫻三人。

（那是我出生之來第一次當老師。雖然很緊張，但也度過了一段開心的時光呢。）

儘管覺得還有很多不足之處，但聽到對方強烈希望她們今年繼續擔任老師，讓美櫻的胸口湧現一股暖意。

「如何？可以參加嗎？」

「好的，請務必給我們這個機會！我會再去問問小夏和燈里。」

為了確認開課日期，美櫻開始檢視紙張上的說明內容。這時，松川老師突然以平靜的嗓音開口問道：

「……如果她們倆這次無法配合，妳願意自己一個人參加嗎？」

「咦？」

美櫻吃驚地抬起頭，和表情相當認真的老師對上視線。

chapter 4
～第4章～

如果像去年那樣在十一月開課，即將成為下屆社長和副社長的高二社員就會一起參加。這樣的話，老師的人數就很充足，理應沒有問題才是。

儘管有些不解，美櫻仍回答：「是的，我當然會參加。」

「可是，只有我的話，學生們恐怕……」

「嗳，合田同學。」

原本想繼續說出口的話語，在美櫻看見松川老師的笑容後，瞬間消失在空氣中。感受到難以言喻的奇妙魄力的她，不禁愣愣地凝望著老師。

「妳覺得畫畫開心嗎？」

那是個出其不意、直搗核心的問題。

美櫻試著在內心尋求答案，但卻遍尋不著……

看到她忍不住低下頭的反應，松川老師以溫柔的嗓音再次開口：

「如果是老師誤會了，就先跟妳說聲抱歉嘍。不過，我總覺得妳最近面對畫布時，總是會露出很可怕的表情，所以有點擔心。」

啊……原來老師都有在看著呢。

雖然這樣的感想跟松川老師的指摘有點牛頭不對馬嘴，但這是最先浮現在美櫻腦中的想法。

（……因為我跟她們兩個不一樣……）

自己不像夏樹那樣，無法當個總是能緩和氣氛的存在，也畫不出能讓他人展露笑容的作品。

也不像燈里那般天真無邪，同時還擁有足以壓倒眾人的才華。

不但怕生，個性也不積極，必須躲在友人的身後才能放心。被要求「請自由發揮」時，就會無所適從而遲遲無法動筆。

這樣的自己，老師確實看在眼裡了。

美櫻抬起頭來之後，松川老師以溫和的語氣問道：

「當老師開心嗎？」

「……是的。」

儘管聲音小得像蚊子叫，但美櫻態度堅定地點了點頭。

原來，讓她喜歡上自己的關鍵，其實近在咫尺。

（春輝……我終於找到了呢。）

或許，美櫻並沒有像春輝或燈里那樣散發出萬丈光芒的才華。

但這就是她。

美櫻懷抱著剛誕生到這個世上的小小希望，朝前方踏出一步。

隔天早上，美櫻梳洗完畢回到房裡時，發現手機收到了兩封簡訊。

剛打開房門，就看到被自己擱在床上的手機的指示燈不斷閃爍，讓美櫻吃了一驚。

粉紅色的燈光，代表著和自己相當親暱的人捎來聯絡的通知。

因為不是代表未接來電的綠色燈光，所以應該是簡訊吧。

（在這種時間？發生什麼事了嗎……？）

美櫻感到不可思議地按下手機按鍵，發現寄件人欄位顯示著夏樹和燈里的名字。

她們倆的簡訊幾乎是在同一時間傳過來的，而且標題同樣是「早安」，內容也都是待會兒一起去上學的邀約。除此之外，夏樹指定的收件人是燈里和美櫻，燈里指定的收件人則是夏樹和美櫻。

（小夏跟燈里真是默契十足耶。）

現在，她們倆必定也因為看到對方捎來的簡訊，而不自覺地露出笑容吧。

美櫻以「我在老地方等妳們喲」回覆之後，便提早踏出家門。

來到約好的十字路口時，夏樹和燈里已經在那裡等著美櫻。

chapter 4
～第4章～

美櫻不經意地朝手錶一瞥，發現距離約好的時間還有十幾分鐘。

（她們倆明明都是無法早起的人，真是罕見呢。）

雖然沒有在簡訊裡提及，但或許是有什麼重要的事情想說吧。

為了讓突然加速的心跳穩定下來，美櫻慢慢將頸邊的圍巾調整好，然後開口向兩人打招呼。

「早安～今天早上也好冷喔。」

「昨天很對不起！」

「抱歉讓妳擔心了！」

夏樹和燈里同時間做出不同的發言，然後用力地朝美櫻鞠躬。

看到兩人做出一如教科書那樣中規中矩的四十五度鞠躬動作，美櫻不禁愣在原地說不出半句話。

然而，發現周遭的視線逐漸往這裡聚集之後，美櫻急忙伸出手搖晃兩人的肩膀。

「呃……咦咦咦？小夏、燈里，妳們快點抬起頭呀啊啊啊～！」

夏樹和燈里望向彼此，看似不太願意地重新站直身子。

看到兩人的視線返回原本的高度，美櫻這才鬆了一口氣。

「昨天的事情我完全不在意喲。比起這個，妳們今天放學後有空嗎？」

美櫻沒有追問兩人道歉的理由，而是直接換了個話題，讓夏樹和燈里雙雙露出吃驚的表情。

當然，美櫻也想把事情問個清楚。

夏樹和燈里之間發生了什麼事？兩人現在已經沒問題了嗎？「不喜歡只有自己被排除在外的感覺，想要徹底了解一切」的想法，無法輕易抹去。

（可是，看到她們的表情……我知道已經沒問題了。）

美櫻提出別的問題，以取代逼問夏樹和燈里的行為。

為了讓自己不會因她們而自卑。為了和她們當真正的好朋友。

「小夏，我們三個人一起去星屋吧？」

「……妳是說車站附近新開的那間蛋糕店嗎？」

「沒錯沒錯。那家的蛋糕超級好吃呢～」

或許是回想起蛋糕的滋味了吧，燈里露出十分陶醉的表情。

看到美櫻也「嗯嗯」地附和，夏樹不禁輕輕「咦」了一聲。

「難道妳們已經吃過了？」

「嗯，我之前去燈里家叨擾的時候，她請我吃過了。」

「咦～！好好喔～我也想吃！」

活潑的交談聲在澄澈的早晨天空中散去。

這股睽違已久的氛圍，果然要三個人聚在一起，才打造得出來。

美櫻品嚐著幸福到令人快要哭出來的感覺，抬頭眺望在晨光之下閃閃發亮的坡道。

chapter 4
～第4章～

放學前的班會結束時，站在講台上的班導明智開口喚住春輝。

看到他輕輕揮動原本夾在點名板裡頭的那個白色信封，春輝馬上知道對方的用意。

大會的最終審查結果終於出爐了。

「——為什麼要來頂樓啊？」

明智領著春輝前往的地方，既不是教職員辦公室，也不是生涯規劃室。雖然夕陽還高掛在空中，但不時刮來的風已經徹底具有寒意。

春輝縮起身子，瞪著那襲在風中啪噠啪噠飛舞的白袍。

「因為在這裡就不怕被別人聽到啦。」

「嘴上這麼說，但你只是想避開教頭，躲到這裡來抽菸吧？」

看著明智一踏上頂樓，就在白袍口袋裡翻找東西的動作，春輝帶著苦笑這麼吐嘈他。

聽到他這麼說，明智挑起單邊眉毛，刻意噘起嘴反駁：

「並不是～是糖果啦～」

一如他所言，明智掏出來的是一根棒棒糖。

明智俐落地拆開棒棒糖的包裝紙，然後一把將它塞進春輝嘴裡。

「喂！呃樣嗯危演欸（這樣很危險耶）！」

「嗯？我聽不懂你在說什麼～」

明智一臉得意地敷衍春輝的抗議聲。

而且，他還遲遲不拿出自己要吃的糖果。從明智鼓鼓的口袋看來，裡頭應該還有很多根棒棒糖吧。

（還是說，他的口袋裡只剩香菸了？）

因為明智剛剛才否定春輝說他想抽菸的指摘，現在也不好意思再掏出香菸嗎？

春輝發現，這種不服輸的個性，他們倆實在很相似。

正因為相似，所以也有很多令人不爽的地方。

chapter 4
～第4章～

「……以之言也欸握望愛吧？」（你之前也給過望太吧）

「望愛？噢，你說望月？他有跟你說好吃吧？那可是限量的烤地瓜口味呢。」

（真虧他聽得懂我在說什麼。）

雖然春輝刻意說得口齒不清，但不知道明智的耳朵有著什麼樣的構造，竟然正確掌握了句子的意思。這樣一來，他的反擊就失去意義了。

春輝將口中的棒棒糖咬碎，為了進入正題而再次開口：

「你手上的信封，裡頭是比賽結果吧？」

「你啊～都說那是限量口味了耶，你應該好好品嚐再吞下去吧！」

「啊～真是的～麻煩死了～！快點給我啦！」

春輝從明智手中取走信封，確認上頭的字樣。

一如他所料，信封上有著大會比賽長長的正式名稱，以及「比賽結果通知」幾個字。

春輝毫不猶豫地打開信封，抽出放在最外層的那張紙。

「……我畢業後的出路確定了。」

「我說你，真的打算去留學嗎？」

明智隨即以尖銳的語氣開口質問。

（一般來說，這種情況下，應該都會先說聲「恭喜」才對吧？）

在春輝沉默不語的同時，明智又繼續說道：

「要靠電影混口飯吃，可是相當辛苦喔。一定遠遠超過你想像的程度。」

「……就讀的學系跟將來的職業未必會有關吧？」

聽到春輝做此回應，明智噗嗤一聲笑了出來。

「你剛才的發言，是在替沒有自信的自己留退路吧？」

就是因為這樣，我才討厭跟咲哥說話！

為了按捺想要放聲大吼的衝動，春輝狠狠掐著自己的手臂。

或許是因為緊張吧，他的指尖冰冷得連本人都吃驚。

chapter 4
～第4章～

（別被對方牽著鼻子走。這只會讓他覺得有趣，然後害自己被耍得團團轉而已。）

為了切換腦中的思緒，春輝閉上雙眼，然後再緩緩睜開。

「……做為參考，我想問一下。你為什麼會想當老師，咲哥？」

「這個嘛，為什麼呢～」

「你不記得了喔！」

「嗯！啊，不過，如果是繼續當老師的理由，我倒能回答你。」

「是什麼？」

春輝怒瞪著明智，隨後，後者帶著滿面笑容回答：

「因為你們這些學生很可愛啊。」

「少騙人啦～！」

雖然馬上吐嘈反擊，但春輝明白這其實無庸置疑是他的真心話。

而明智也彷彿看穿了他內心的想法，沒有以肯定或否定回應。

「這是你的未來，所以要自己找出答案喔。」

「我知道。」

看到春輝隨即回答的反應，明智對他投以彷彿在質疑「真的嗎？」的視線。

就算試圖替自己找藉口，聽起來也只會更虛假。所以，只要沉默點頭就好了。

儘管腦中這麼想，但春輝卻像是被石化似地杵在原地。

「無論選擇了何者，或是選擇了什麼，都不要歸咎於他人頭上喔～」

說出這句話的同時，明智已經恢復成一如往常那種懶洋洋的神情。

然而，他的發言卻分外有說服力，讓春輝體會到眼前這名人物真的是一位「老師」。

春輝以用力點頭的方式取代出聲回應。

在明智離開頂樓後，春輝仍無法從原地挪動自己的雙腳。

手上的信封裡頭只塞了幾張紙，幾乎沒有重量可言。現在，也只是在晚風吹撫下，發出輕微的拍動聲而已。

（可是，為什麼我會覺得它沉重無比呢？）

這是自己在一番努力過後爭取到的通往未來的車票。

或許，對春輝來說，正是因為相當重要，才會覺得它格外有分量吧。

腦中雖明白這一點，但困惑卻遠超過其他的反應，讓自己的感情跟不上這樣的變化。

「……總之，先到社團教室去吧。」

電影已經進入了後製剪接的階段，無法靠分工合作來進行。倘若身為導演的春輝不在，優和蒼太都沒辦法續行作業。

春輝像是刻意說給自己聽一般喃喃開口，勉強邁開步伐。

夕陽融入藍色天空的景象出現在視野的角落。

隨著夜晚降臨，冬天到來，時限也近在眼前。

（望太這傢伙，感覺好像比平常更心神不寧？）

放學後的社團教室裡，目前只有春輝和蒼太兩人。

就算沒有刻意去注意，對方躁動不安的行為舉止，還是會出現在自己的視野裡頭。再加上蒼太每次變換坐姿時，椅子或桌子都會跟著發出聲響，因此更令人在意。

如果優也在這裡，是否就會不太一樣了？

然而，很不巧的是，這週末有一場全國模擬考大會。是他們倆合力將笑著表示「就算現在開始抱佛腳也沒用啦」的優從社團教室推出去，所以，現在說這種話也無濟於事。

（不過，望太也不是今天才變得怪怪的就是了。）

chapter 4
～第4章～

印象中，這是春輝某天放學後，在教室裡對夏樹進行告白預演之後開始的。
那天，春輝不經意瞥見和蒼太、燈里兩人神似的背影，看來那確實就是他們了吧。

春輝從筆記型電腦前抬起頭來，悄悄觀察蒼太的樣子。
結果，後者似乎也正盯著他看，兩人的視線就這麼直接對上。
蒼太很明顯地嚇了一跳，然後猛地撇過頭。

看到他一連串再好懂不過的反應，春輝帶著苦笑出言調侃：
「你幹嘛啊，思春期少年？」
聽到春輝露骨的挑釁，蒼太帶著略為不滿的表情轉過頭來。
而他接著說出口的發言，和這樣的表情實在不太相稱。

「——我爭取到校內的推薦入學的名額了。」
「真的假的！幹得好啊，恭喜你。」
「謝謝。不過，你應該……」

「嗯？」

看到蒼太支支吾吾的反應，春輝帶著笑容挑起一邊的眉毛。

雖然大概猜得到蒼太想要說些什麼，但他想要聽本人說出口。

發現春輝一直盯著自己看，蒼太只好帶著一絲遲疑開口：

「你應該也有什麼事情要報告對吧，春輝？」

「……照話題的發展來看，你應該是指值得慶祝的事情？」

「我想是的。」

蒼太比春輝所想像的更坦率地承認了。

這下子，換成春輝有些尷尬地將視線移往電腦鍵盤上。

（呃……這是代表他了解到哪種程度啊……？）

一如平常的習慣，春輝胡亂搔著後腦杓的頭髮，為了整理現況而拚命督促大腦運轉。

他在大會比賽取得優勝一事，應該還沒有告訴任何人才對。

明智看起來那副德性，但他絕非是大嘴巴的人。或許是教職員辦公室裡頭的其他老師

在討論時，剛好被蒼太聽到了而已。

（雖然是遲早得說出來的事情啦……）

因為春輝自己也是大約一小時前才得知這個消息，所以總覺得不太有真實感。

不僅如此，自己無法坦率開心的反應，也讓春輝同時感到驚訝和困惑。

（在這種情況下，我能說什麼啊？）

雖然也只能據實以告，但春輝還是忍不住用了含糊的說法。

「抱歉。該說是為了討個好兆頭嗎……我原本想等一切正式決定後再告訴你們。」

「……這樣啊。的確，直到最後階段的評選之前，沒人知道比賽結果會如何發展。如果讓大家動輒為自己開心或憂慮，最難受的人應該也是你呢。」

「算是吧。不過，你們能不能接受我這樣的做法，又另當別論了吧？」

看到春輝一邊說，一邊指著自己的眉心，蒼太不禁圓瞪雙眼。

但他隨即明白這是「你都表現在臉上嘍」的意思，於是，儘管有些欲言又止地噘起嘴，蒼太還是伸手撫平眉心的皺紋。

（望太是有什麼在意的事情嗎？）

直到目前為止，春輝以個人名義參加了多次比賽。這種時候，他會略過中間發表，只向大家報告最後的結果。蒼太應該也明白這件事才對。但他為何會如此執著於這次的比賽？

春輝對蒼太投以疑惑的眼神，結果後者以犀利的視線回敬他。

「既然你都已經明白了，那我就開門見山地問吧。夏樹要怎麼辦？」

「……真讓人吃驚。怎麼連你都說出跟優一樣的台詞啊，望太。」

「我不小心看到你跟她告白了。那是怎麼一回事？」

看到蒼太探出上半身逼近自己，春輝聳了聳肩回應。

「噢，我就知道。」

「……啥？」

「因為我那時有看到跟你很像的背影啊。和你在一起的人是早坂嗎？」

「你居然說得這麼若無其事！燈里美眉她……！」

chapter 4
～第4章～

早坂怎麼了嗎？

蒼太勉強自己嚥下後半句話，然後咕噥著再次開口。

雖然不知道理由為何，但他似乎在生春輝的氣。

「我再問你一次。那是怎麼一回事？」

「是預演啦。畢竟告白會讓人很緊張，不是嗎？所以，夏樹建議我事先練習看看，然後我就拜託她當我的練習對象。只是這樣而已。」

「……什……什麼跟什麼啊！」

「就跟你說是告白預演嘛。」

蒼太以雙手抱頭，然後趴倒在長桌上。

「……所以，意思是……你並沒有喜歡夏樹嗎，春輝？」

「就是這樣吧。」

「那麼，你怎麼不趕快去跟真命天女告白呢？」

這跟你無關吧！

差點想這麼反擊的春輝，連忙在桌子底下掐住自己的大腿。

指甲陷進皮膚的刺痛感，令他稍微恢復冷靜。

儘管春輝的視線讓蒼太有些怯懦，他仍下定決心乘勝追擊。

「噢，我懂了。不是不告白，而是無法告白嗎？因為你參加的那場比賽，能夠提供到美國大學留學的機會嘛。」

蒼太把「無法告白」這幾個字說得特別用力，恐怕不是春輝的錯覺吧。

春輝感覺體內沸騰的怒意突然間冷卻下來。

「……到底怎麼樣？」

「望太，你有在觀察別人呢。而且還會認真替他人擔心，是個了不起的傢伙喔。」

「不用說這些啦。就算稱讚我，我也不會放棄追問你的。」

面對蒼太直接了當的態度，春輝也滿懷誠意地回答他。

「沒有啊，這些純粹是我的真心話。」

chapter 4
～第4章～

聽到他的回應，蒼太不知所措地愣在原地。

「啥……啥？為求慎重，我還是確認一下好了。這跟我剛才問你的問題有關連嗎？」

「……我啊，其實是個只珍惜自己的人。我有時會覺得拍電影以外的事情怎麼樣都無所謂，而為了拍出好畫面，要我做什麼都行。」

最後，這就是自己的答案。

不管是睡著還是醒著，自己的腦中全都被電影相關的事情填滿。覺得這樣的自己很令人無言的同時，春輝也察覺到這正是讓他感到幸福的方法。

「提供得獎者留學機會的那所美國大學以電影系聞名。能夠在那所學校學習，讓我單純感到開心，也認為這是一個好機會。不過……」

如果說出口，就無法回頭了。

正因為明白這一點，原本想接著說出來的話，現在正哽在喉頭做垂死掙扎。

然而，聽到蒼太「嗯」一聲回應後，春輝不知不覺地開口了。

「我發現，除了電影以外，還有同樣珍貴的事物存在。」

無須他人指摘，春輝也知道這句發言很過分。

現在，在他的心中，電影是最重要的。

然而，一如這樣的事實不會有任何改變，他也無法捨棄自己對美櫻的情感。

「……你有告訴她留學的事嗎？」

儘管春輝用「珍貴的事物」含糊帶過，蒼太卻正確解讀了這句話的意思。

雖然他以「她」來代稱對方，但蒼太想必也已經猜到那就是美櫻了吧。

「我沒說。一開始，我原本想等結果確定了再告訴她，但後來發現這是不可能的事。要是一個沒弄好，我說不定就會直接告白了。」

語畢，春輝無力地「哈哈」乾笑兩聲。

chapter 4
～第4章～

就算覺得這樣的自己很沒出息，這也是毋庸置疑的事實。

現在，他不可能比電影更重視美櫻，卻還是想跟她告白——

這不但是一件荒謬的事，而且還我行我素到極點。

「……突如其來的遠距離戀愛，一定會困難重重吧。而且我還不是在日本國內，而是要到美國去呢！被拒絕的可能性，絕對是正常情況下的兩倍啊。」

或許是無法維持冷靜的緣故，春輝的發言不自覺地偏往自虐的方向。

而蒼太只是咬住下唇沉默不語。

「喂~這種時候，你應該要吐嘈我『對能得獎一事，你簡直胸有成竹嘛』這樣吧？」

拜託你，笑著帶過這個話題吧。

儘管懷著這樣的希望開口，蒼太卻給了春輝直搗核心的回應。

「對方也有選擇的權利吧？就算你自作主張地設想了一堆未來的事情，到頭來，那個女孩子說不定會告訴你『我不介意遠距離戀愛』喔。」

不可能。因為美櫻喜歡的是別人。

春輝沒有回答，只是猛地從座位上起身。

看到蒼太有所戒備的反應，他露出苦笑，為了讓大腦冷靜一點而走到窗邊。

「……我剛才說過了吧？到頭來，我最珍惜的還是自己。不管是被甩還是遠距離戀愛無法順利發展的情況，我都一樣討厭。」

「因為你不想受傷？」

春輝沒有直接回答蒼太的提問，只是眺望著窗外的景色繼續開口：

「而且，像現在跟你聊這些的時候，我腦中的一角仍思考著電影的事呢。不只是新作，還包括了這次的經驗能帶來什麼樣的幫助之類的。」

「你這話很矛盾。不管是被甩，或是遠距離戀愛無法順利發展，應該也都是一種『很好的經驗』才對啊。應該能成為創作電影的絕佳養分吧？」

「……我很偏食呢。」

這個藉口聽起來更牽強了。

chapter 4
～第4章～

蒼太或許是認為就算繼續等待，春輝也不會說出真心話，所以乾脆換了個話題。

「對了，舉辦電影首映會一事，已經正式決定了是嗎？」

「……學生會那邊已經提出書面文件了。」

電影研究社正在拍攝新作品，而且似乎還是以畢業為主題。

聽聞這個消息的學生會，大約在一週前提出「希望能在畢業典禮的前一天舉辦首映會」的要求。

在畢業典禮前一天，讓畢業生和在校生一起觀賞以畢業為主題的電影。

在這種過於老套的情況下展出作品，可以想見觀眾會抱持著先入為主的觀念前來。最糟糕的結果，還可能讓他們將注意力都放在「畢業」的部分。因為不希望重要的作品在這種狀態下上映，春輝一行人原本回絕了好幾次，但學生會的熱忱也不容小覷。

最後，在表示自己是電影研究社粉絲的學生會長的強力請託之下，他們還是答應舉辦首映會。

雖說是由學生會主辦，但還是必須讓教職員會議事先確認電影的內容。

會議審查不見得一次就能通過，也有可能必須重新進行後製剪接。因此，不但必須將原本的工作排程往前挪，製作進度簡直可說是火燒屁股的狀態。

（是沒錯啦……我知道的確是這樣啦……）

「我有無論如何都想追加進去的場景呢。」

聽到春輝的自言自語，蒼太「嗚！」一聲屏息。

雖然大可裝作沒聽到，但蒼太還是規規矩矩地出聲確認。

「……剩下的工作天數已經不夠了耶。你有跟優商量過嗎？」

「今天剛好又是晴天，我認為這是最適合拍電影的日子呢～」

「我問你有沒有跟優商量過工作排程啦！」

「人生就是要把握當下！望太，把攝影機扛過來吧！」

春輝拉著蒼太來到最靠近自家的車站。附近有一座步行可以抵達的公園。

chapter 4
～第4章～

這座位於住宅區裡頭的公園規模不大，也沒有什麼遊樂器材。被夕陽染成一片橙色的鞦韆和長椅，在鏡頭下散發出令人懷念的氛圍。

「噯，剛才是不是有個很像夏樹的女孩子走過去啊？」

「是你看錯了吧？那種打扮的女孩子很常見啊。」

「不不不，大家穿的制服都一樣好嗎？我是說，那種髮型的女孩子……」

這時，原本還想繼續說下去的蒼太突然閉上嘴巴。

（怎麼？真的是夏樹嗎？）

春輝隨著蒼太的視線望去，發現有個面熟的人物站在沙堆遊戲區旁。

光是看背影就能認出對方是誰。春輝毫不在意地舉起攝影機。

「你怎麼會在這裡？你家應該在反方向吧？」

「……對喔。阿望，你跟芹澤同學也都住在這一帶嘛。」

春輝一邊聽著蒼太和戀雪的對話，一邊調整攝影機三腳架的位置。

這個世界被夕陽餘暉渲染的時間，大概只有一小時半。因此，這段期間的攝影工作，可說是在和時間賽跑。

「因為我們家導演說他有無論如何都想加進電影裡的場景，所以……」

聽到從後方傳來的說話聲，春輝不禁在內心苦笑。

此刻，蒼太一定帶著一臉無可奈何的表情，可能還聳了聳肩吧。

戀雪的輕笑聲也傳入耳裡。

「他看起來很忙碌呢。」

「那你呢，阿雪？你在這裡做什麼？」

「……原本想做點什麼，但最後沒能做成。」

戀雪的語氣突然變得不一樣了。

莫名在意的春輝轉身面對那兩人。

蒼太張著嘴愣在原地，戀雪則是以幾分揪心的表情望向公園入口。

chapter 4
～第4章～

「噯，剛才是不是有個很像夏樹的女孩子走過去啊？」

蒼太方才的發言再次浮現於春輝腦中。
如果並非他看錯，那個人真的是夏樹的話呢？
話說回來，戀雪又在這座公園裡做什麼？

「噯！你剛才說的那句話啊～」

回神過來的時候，春輝發現自己一邊鎖緊三腳架的螺絲，一邊大聲問道。
「你說望太跟我『也都』住在這一帶，那其他還有誰嗎？」
「畢竟你跟瀨戶口同學感情很好嘛，芹澤同學。果然會在意嗎？」
（啥？噢，原來如此。剛才優也在嗎？）
對方不僅祭出沒必要在此時提及的優的名字，還刻意以帶著挑釁意味的方式回應。
雖然表面上看不出來，但戀雪似乎相當動搖。

「不不不，你誤會啦。因為我的兒時玩伴可不只優一個人啊。」

春輝以這句發言暗示戀雪「你自己把答案招出來了喔」。

一下子未能明白他的意思的戀雪，原本還微微歪過頭，但隨即又恍然大悟似地輕敲掌心。

「你跟榎本同學也是兒時玩伴呢。」

「沒錯沒錯。所以，你說『原本想「告白」，但最後沒能做成』是吧？」

「等……等等啦，春輝！就算我們跟夏樹是青梅竹馬，也不好過問這麼隱私的事情吧！」

跟手足無措的蒼太相較之下，戀雪像是按捺住自己真正的情緒而露出微笑。

「真要說的話，問題其實不在於告白與否。」

「阿雪！你也不用老實回答啊……！」

蒼太忍不住出聲制止，但戀雪仍帶著笑容繼續說道：

「我在什麼都說不出口的情況下，就這樣目送榎本同學離開了。」

雖然語氣很平淡，但戀雪的嗓音中摻雜著憔悴。

語畢，他的強顏歡笑或許已經到極限了吧，戀雪低下頭來。

「這應該不是『沒能』告白，而是『沒有』告白才對吧？」

「我……並不認為她會接受我的感情。可是，我希望至少能夠傳達給她……就算改變外表、改變外在的自己，看來還是毫無意義可言。」

戀雪像是觸電般抬起頭來，唇瓣也不停顫抖著。

看到他的反應，春輝不禁咬牙想著「果然是這樣嗎」。

讓戀雪改變的理由，是他對夏樹的感情。

（如果他有告白就好了……）

戀雪喜歡夏樹，恐怕已經不是一兩天的事情了吧。

一年、兩年。搞不好在進入櫻丘高中就讀後，就一直懷抱這樣的情愫至今。

既然已經注視著夏樹這麼久，戀雪自然也會發現——
自己心儀的對象喜歡的人是誰。

「因為，我知道自己的心意只會變成她的沉重負擔。」

「沒有這種……」

在一旁的蒼太聽不下去而開口。

但戀雪只是緩緩搖了搖頭，制止他繼續說下去。

猶豫了片刻後，春輝打破沉默問道：

「……因為夏樹已經有了喜歡的人是嗎？」

「就算對方已經有了喜歡的人，阿雪的心意也不會變成什麼沉重的負擔！」

聽到蒼太沉痛的嗓音，戀雪微微蹙眉。

他必定是在這一刻發現了吧。「單戀對象有喜歡的人」這種情況，說的也正是蒼太自

己。

然而，戀雪沒有觸及這點，只是輕輕點頭。

「或許也有這樣的思考方式吧。」

戀雪心中大概已經有答案了。

跟春輝等人巧遇之前，在這座公園裡和優以及夏樹面對面時，他從各種可能性裡頭選出了一種。

「如果……」

戀雪突然再次輕聲開口。

可是，不知是否後悔說出來，他至此又緊緊閉上嘴。

（裝作沒有聽到，或許會比較好吧？）

事到如今，早已無濟於事。如果這麼想，早該結束這個話題。

不過，一旦向他人吐露出來的話語，是沒有辦法收回的。

對戀雪而言，究竟是把自己日積月累的情感傾洩出來比較好，還是——

春輝望向蒼太，發現他正默默等著緊閉雙唇的戀雪再次主動開口。

他散發出一種卯足全力支持戀雪的氛圍。

（……這樣啊，說得也是。）

為了戀雪著想，不要再讓他將一切往肚裡吞，或許是比較理想的做法。

最重要的是，無論他道出什麼樣的想法，春輝等人都要好好傾聽。

於是，春輝也模仿蒼太，默默地凝視著戀雪。

無意識地聆聽著秋天的蟲鳴聲時，他感受到籠罩著三人的氣氛出現些許變化。

戀雪深呼吸一口氣，然後彷彿自言自語般開口：

「我告白的話，這份心意或許能成為她的助力，在背後推動她前進吧。可是，我腦中想像的，是和這個不一樣的未來……」

chapter 4
～第4章～

被他人告白時，內心最先湧現的感情，應該是單純的欣喜。

接著，思考自己是否能接受對方的心意時，就會產生別種感情。

（綾瀨應該也明白這一點才對。既然如此，他為何什麼都不告訴夏樹？）

面對不知第幾次造訪的沉默，春輝已經不覺得這樣的狀況令人難受了。

他沒有開口，只是等著戀雪下定決心。

聽到從附近經過的孩童嬉鬧的聲音，戀雪的唇瓣跟著微微上揚。

「她是很溫柔的人。所以，我覺得她可能會為了無法回應我的感情，而煩惱不已。在拒絕我之後，她的內心恐怕會被一塊大石持續壓迫著。」

自己的心意，可能會變成喜歡的人肩上的重擔。

因為對方喜歡的那個人並非自己。

倘若是數學的證明題，無論是誰，一定都能馬上解出來吧。

然而，戀愛是關於人與人、彼此之間心意的問題。

（……綾瀨……在察覺到自己的戀情無法開花結果的時候，他是怎麼想的呢？）

儘管覺得這種習慣不太好，但春輝還是止不住想像。

會如此為對方設身處地著想，可見綾瀨的心思十分細膩。

這樣的他，在沒有機會告白的情況下失戀了。

（因為過於纖細導致人格崩壞，或是完全捨棄戀愛感情之類的……）

在電影裡頭，這樣的發展並不罕見。

然而，為了極力避免心儀的對象受到傷害，戀雪選擇扼殺自己的感情。

（……也有這樣的戀愛呢。）

換成自己，又會怎麼做呢？

美櫻有喜歡的人，自己則是確定要到國外留學。

chapter 4
～第4章～

得不出答案的春輝，抬頭仰望已經轉暗的天空。

攀升至空中的月亮被雲朵遮蔽，沒能為大地灑落淡淡的月光——

瀨戶口雛
生日／8月8日
獅子座
血型／A型
美櫻等人的學妹。高一。
是優的妹妹，個性開朗而積極。
似乎很在意戀雪。
chapter5
～第5章～

Hina Setoguchi

chapter 5 ～第5章～

美術準備室被染成淡淡的琥珀色。

寒風從留了一道縫隙的窗口吹進來，讓美櫻的瀏海輕輕飄起。

（已經是放學時間了，差不多得收拾書包才行……）

儘管這麼想，美櫻卻遲遲無法從椅子上起身。

彷彿全身的力氣都被抽乾的她，只是反覆嘆著氣。

窗外的花圃裡，有著輕柔的色彩在風中搖曳。

紅色、白色、粉紅色。

美櫻眺望著隨風起舞的大波斯菊，回想起春輝曾幾何時提出的那個問題。

chapter 5
～第5章～

「噯，妳們覺得戀愛是什麼顏色？」

在暑假前和電影研究社召開討論會時，春輝這麼問道。

當初，夏樹回答粉紅色，美櫻則是再加上黑色和藍色。雖然理由是因為有時也會感到苦澀或揪心，但現在，美櫻深刻體會到事實的確就是如此。

至於燈里的答案，在美櫻懷抱這份無法如願的感情的同時，她也逐漸理解了。

「我覺得……應該是金色……吧。雖然它閃閃發光，很漂亮，但如果棄之不顧，感覺就會生鏽。另外，光芒要是過於強烈，就會因為太刺眼而令人無法直視——我覺得這一點也很像。」

美櫻一直掩藏著對春輝的心意，從沒想過要傳達給本人。

第一次有喜歡的人，讓她小鹿亂撞，也覺得光是這樣就很幸福了。

關於成為男女朋友之後想做些什麼、去些什麼地方的假設，美櫻也並非完全沒有想像過，可是，她總覺得這些情景過於夢幻，似乎不夠真實。

無法將自己的心意傳達給對方，只是維持著令人舒適的距離，不斷延後給出明確答案的時間。

在察覺到的時候，自己跟春輝之間，已經出現了一道巨大的高牆。

美櫻無可奈何地抬頭仰望開始西沉的落日。藏在心中兩年以上的珍貴情感，彷彿全都輕易地從掌心流逝而去。

（一切都太遲了……）

自己去見他吧。

大約一小時之前，美櫻這麼下定決心，主動走向電影研究社的社團教室。

然而，抵達目的地的她，沒有打開門就逃走了。

因為她聽見了蒼太和春輝的對話。

「我爭取到校內的推薦入學的名額了。你應該也有什麼事情要報告對吧，春輝？」

「抱歉。該說是為了討個好兆頭嗎……我原本想等到一切正式決定後再告訴你們。」

chapter 5
～第5章～

「……這樣啊。的確，直到最後階段的評選之前，沒人知道比賽結果會如何發展。如果讓大家動輒為自己開心或憂慮，最難受的人應該也是你呢。」

返回美術室之後，兩人的對話仍在美櫻腦中反覆地播放。

（意思是，春輝拿下比賽的冠軍了嗎……？）

從「正式決定」、「最後階段」這些字眼來判斷，事實想必是如此沒錯吧。

春輝的願望實現了，美櫻卻無法坦率地替他開心。

因為，倘若她沒記錯的話——

（春輝會到美國去留學呢。）

高一那年秋天，春輝、優和蒼太三人成立了電影同好會。

從那時開始，春輝便十分積極地參加各種比賽。美櫻想起某天一起回家時，他曾雙眼閃閃發光地表示「我聽說有一場比賽，會提供冠軍到國外留學的機會呢！」。

然後，他的願望確實達成了。

春輝參加過很多場比賽，但會在這個時期公布結果的，就只有提供冠軍留學機會的那個比賽。

（聽春輝提及比賽的事情之後，我自己也上網看了很多相關消息，所以一定是這樣沒錯……）

雖然美櫻大可直接詢問本人，不需要偷偷摸摸地查資料，但她就是無法主動說出口。

第一次聽到春輝表示以留學為目標的時候，她也只是被這樣的決心所震懾。

在美櫻身邊，沒有其他人能夠像春輝那樣明確說出畢業後的計畫。再加上他放眼的目標還不是日本國內，而是國外，更讓美櫻感覺他有如另一個次元的存在。

（那時，我真的有察覺到嗎……）

定下目標，然後積極開拓前行之路的春輝，以及光是應付當下的生活，就已經用盡心力的自己。

這樣巨大的差異，必定會讓兩人所走的路出現分歧——

chapter 5
～第5章～

（……而且，就算說這些，春輝喜歡的人也……）

隔著門板聽到的春輝和蒼太的對話，提及的不只是畢業後的生涯規劃。還包括了美櫻迫切想要得知的真相。

「既然你都已經明白了，那我就開門見山地問吧。夏樹要怎麼辦？」

「……真讓人吃驚。怎麼連你都說出跟優一樣的台詞啊，望太？」

「我不小心看到你跟她告白了。那是怎麼一回事？」

在那之後，春輝是怎麼回答蒼太的提問呢？

儘管那是讓自己耿耿於懷的答案，但當它即將浮現在眼前的瞬間，美櫻卻又害怕地逃走了。

（春輝他……告白了呀……）

「小雪～！我們一起回去吧？」

「噯，不要無視我們嘛～」

中庭傳來女孩們的喧鬧聲。

美櫻不經意地朝窗外一瞥，發現一群女學生包圍著一個男孩子。

人群中心處的男孩子穿著運動服，雙手則是套上了粗布手套。從他的打扮跟前進方向看來，應該是想要靠近花圃吧。

而那些身穿制服的女生，則像是要阻止這個男孩子前進似地團團包圍住他。

（她們口中的小雪，應該是綾瀨同學吧……？）

雖然不是本人的意思，但這麼稱呼戀雪的學生為數還不少。

像那樣追著他跑的女孩子們也是。

（綾瀨同學還是一如往常的辛苦呢。）

現在，圍繞在他身旁的女孩約莫有五六個。看到另外又有人影從校舍的方向跑來，美櫻不禁嘆了一口氣。

chapter 5
～第5章～

儘管幫不上什麼忙，但基於擔心，她忍不住繼續觀看事態發展。

然而，跑過來的那個人影，並沒有加入包圍戀雪的行列之中。

她看著戀雪以及那群女孩子，並和他們保持著一段微妙的距離。從美櫻所在處看過去有點模糊，但那個女孩子好像是在瞪他們。

（……那個女孩子也是園藝社的嗎？）

是因為追著戀雪跑的女孩子擋在路中間，讓她無法走過去？

但一旁還有充足的通行空間，應該能讓她和這群人擦身而過才對。

（不過，她和綾瀨同學穿的服裝不一樣，所以或許不是社員吧……）

之後才現身的這名少女沒有穿著運動服，紮在耳下的短短雙馬尾在風中搖曳。

如果她不是園藝部的社員，那又跟戀雪是什麼關係呢？

美櫻轉而觀察戀雪的反應。或許是發現那名少女了吧，他輕啟雙唇「啊」了一聲。

看來這兩人認識。

戀雪沒有朝那名少女揮手，或是開口呼喚她，只是朝她露出微笑。那或許是他絕不曾對追著自己跑的女孩子展現的表情吧。

相較之下，那名少女卻明顯地別過臉去。

（咦？咦咦？）

不同於感到錯愕的美櫻，戀雪似乎已經習慣了對方的反應。

他苦笑著聳了聳肩，然後像是切換模式般露出認真的神情。

戀雪開口朝包圍他的女孩們說了些什麼，隨後，那些女孩子一臉不情願地散開，他才終於得以走向花圃。

（那名少女是因為討厭綾瀨同學，所以才會那樣瞪他嗎……？可是，這樣的話，綾瀨同學應該也不會對她笑呀？）

從戀雪的個性來判斷的話，他應該會代替在周遭追著自己的女孩們，向那名少女輕輕低頭賠不是吧。

可是，他剛才卻對她露出微笑。

有些在意的美櫻再次望向那名少女，發現她的視線緊緊盯著戀雪的背影。

chapter 5
～第5章～

那雙落寞的眸子，讓美櫻明白自己有所誤會了。

（啊！她並非討厭綾瀨同學，反而是喜歡他才對呢……）

讓少女怒目相向的不是戀雪，而是那群簇擁著他的女孩子。

看到戀雪對自己微笑而別過臉去，是因為這讓她害羞。

可是，因為還是很在意，所以視線也忍不住一直追尋著心儀對象的背影。

看著開始在花圃旁作業的戀雪，少女垂下了雙肩。

她是因為沒有主動攀談，或是未能同樣以笑容回應他，所以感到懊惱嗎？

然而，少女看起來似乎不打算放棄。

她像是企圖振作精神般「啪」一聲輕拍自己的雙頰，然後朝戀雪的背影伸出手。

戀雪本人絲毫沒有察覺，這種行為可說是不具半點意義。

少女應該也很明白這一點吧。她或許是為了向自己宣言而這麼做。

「對喔，說得也是……無法這麼輕易就放棄呢。」

美櫻吐露出來的字句，緩緩地滲入自己的胸口。

如果能夠放棄的話，她老早就選擇放開這令人苦悶、煎熬的情感了。

直到現在，光是思考春輝的事情，就讓她覺得胸口彷彿被人狠狠掐住。

她無法佯裝自己未曾經歷過這種痛楚。

（我的心意，必須由我自己來珍惜才行。）

美櫻模仿那名少女輕拍自己的雙頰，在內心這麼低喃。

在風中擺動的大波斯菊沒有被攔腰吹斷，持續綻放著動人的花朵。

紅色、白色、粉紅色，各自以不同的色彩搖曳生姿。

chapter 5
～第5章～

在彷彿能聽到冬天腳步聲逼近的十月底，美術準備室充斥著一股異常熱血的氛圍。

以帶著濃濃黑眼圈的夏樹為首，美櫻和燈里也拚命揮動著手中的畫筆。

在三人手邊的，是夏樹繪製的漫畫原稿。

「我想挑戰畫完一整篇漫畫故事。」

大會比賽的結果發表後，夏樹以豁然開朗的態度這麼宣言。

一開始，美櫻和燈里還以為她是要參加漫畫比賽，所以紛紛興奮地替夏樹加油，但這其實並非夏樹下定決心的理由。

夏樹表示，為了順利向優告白，她希望能藉此讓自己更有自信。

「無論是什麼都可以，我想要一個能讓自己建立自信的東西。但後來，我察覺到其實並非是『無論什麼都可以』。如果不是自己真正想做的事，並努力做到自己也能接受的程度，就沒有任何意義。」

如此宣言的夏樹，看起來比以前更加光芒四射。

或許是因為她不同於在告白前躊躇不前的美櫻，而是勇敢不斷向前邁進的緣故吧。

在一陣子之前，夏樹雖然也曾表現出鬱鬱寡歡的模樣，但現在的她已經抬起頭，以泛著強烈光芒的雙眸直視自己的未來。

（……啊，看樣子得稍微休息了。）

發現自己握著橡皮擦的手使不上力氣，美櫻從原稿前方抬起頭來。

她望向牆上的時鐘，發現在上一次的休息時間之後，又過了一個半小時。

「小夏，要不要休息一下？」

「……咦？啊，嗯！原來已經過了這麼久了啊。」

或許是精神相當集中吧，夏樹的反應有些遲鈍。

而在她身旁顯得更加聚精會神的燈里，視線仍然直直落在原稿上頭。

「燈里～我們休息片刻吧～」

夏樹輕輕搖晃燈里的肩膀後，她才跟著抬起頭來。

chapter 5
～第5章～

然而，燈里的視線沒有跟夏樹的雙眼對上。她帶著有些茫然的神情喃喃問道：

「……小夏，是妳的話，會去遊樂園還是水族館？」

「咦？」

聽到突然其來的提問，夏樹不禁圓瞪雙眼。相較之下，美櫻則是恍然大悟地「噢」了一聲。

因為美櫻前一刻用橡皮擦修改的，正是這樣的場景。

「因為妳筆下的主角們，還無法決定該去哪裡玩嘛。」

聽到美櫻的解釋，夏樹似乎也終於理解了。她害羞地表示「要聊自己畫的漫畫，感覺有點難為情呢」，然後捧起尚未完成的原稿。

「這個嘛～換成我的話……或許……哪裡都不會去吧。」

聽到夏樹的回答，這次換成燈里和美櫻大吃一驚。

「為……為什麼？變成男女朋友之後，應該會去約會不是嗎？」

燈里有些激動地開口詢問，美櫻也在一旁用力點頭。

「好不容易成為情侶，照理說會想一起到處去玩吧？難道遊樂園跟水族館妳都討厭嗎，小夏？」

「不討厭啊。問題不在這裡啦。基於我跟優的關係，總覺得好像也沒必要現在才特別這麼做……」

「妳說沒必要現在才特別這麼做……但你們是男女朋友耶！」

面對繼續追問的燈里，夏樹以雙手抱胸，同時發出「唔～」的呻吟聲。

是因為害羞嗎？但總覺得夏樹看起來不像是在說謊。

既然這樣，她為何會說出「沒必要特別這麼做」這種話？

感到腦中一片混亂的美櫻，靜靜等待著夏樹說出答案。

「……我想，可能是因為就算我跟優告白，然後變成男女朋友，我們是青梅竹馬的事實也不會改變吧？與其說原本的關係會產生變化，應該說只是多了另一種關係……」

chapter 5
～第5章～

這個出乎意料的回答讓美櫻瞠目結舌。

這麼一說的確如此。夏樹跟優是青梅竹馬，這是一輩子都不會改變的事實。就算他們倆開始交往，夏樹和燈里、美櫻之間的友情也不會因此改變。不是原有的關係被改寫，而是又新增一層關係。

「交往並不是戀愛的終點，之後的每一天，愛戀也會持續下去呢。」

聽到夏樹帶著自信的嗓音，燈里和美櫻自然而然地點點頭。

（小夏她變了……）

覺得夏樹比以往更加耀眼的美櫻，不禁垂下眼簾。

對美櫻來說，自兩人認識以來，夏樹就一直是她憧憬的對象。

主動找怕生的美櫻攀談，並邀她加入美術社的人，也正是夏樹。

開朗、溫柔，同時又能明確表達出自己的意見……在加入同一個社團，讓距離一口氣拉近之後，美櫻幾乎每天都有嶄新的發現。

得知這樣的夏樹暗戀著自己的青梅竹馬後，美櫻打從內心支持她。

另一方面，她同時認為，就算沒有自己的支持，夏樹也必定能讓這段關係順利進展。向對方告白、變成男女朋友，過著自己憧憬的高中生活。

（我或許是把小夏視為超人看待了呢……）

儘管夏樹一直都是美櫻的英雄，但在面對戀愛時，她就只是個平凡的女孩。

或許，她也曾在美櫻看不到的地方哭泣吧。

（可是，小夏永遠都不會放棄。）

青梅竹馬，或是男女朋友。

一旦告白，就可能會讓持續至今的舒適關係變調。然而，夏樹沒有選擇放棄其中一者，而是選擇了能讓兩者同時持續下去的道路。

無論創作出多麼優秀的作品，戀情也不見得會開花結果。

夏樹應該也很明白這一點。

chapter 5
～第5章～

不過，為了替自己建立自信，她仍一股腦兒地畫著。

（畢竟告白真的很需要勇氣呢。）

更重要的是，還需要不受限於成功與否的堅強意志。

夏樹在一番努力後鍛鍊出來的強韌。那是美櫻仍無法獲得的東西。

（……我也……做得到嗎？）

這麼自問之後，美櫻搖了搖頭。

（自問「做得到嗎？」是沒用的。必須告訴自己「就放手去做吧」、「我想做」才對……！）

這天，在放學回家路上，美櫻到美術用品店買了有著紅色封面的素描本。

從今天開始，她要將自己最珍貴的時光，點綴於裡頭的一張張白紙上。

直到春輝踏上旅途的那一天。

榎本夏樹

生日／6月27日
巨蟹座
血型／O型

美櫻的好友，隸屬美術社。
最喜歡運動跟漫畫。
單戀著青梅竹馬的優，
和戀雪之間則是……？

瀨戶口優

生日／7月11日
巨蟹座
血型／AB型

隸屬於電影研究社。跟春輝、夏樹、蒼太等人是兒時玩伴。個性溫柔而十分有人緣，喜歡夏樹。

chapter 6
～第6章～

終於、總算、好不容易。

在足以用這些詞彙形容的狀態下，優和夏樹之間又多了一層「男女朋友」的關係。

聽到優的報告時，春輝和蒼太徹底調侃他一番，同時也送上祝福，不過，最關鍵的兩位當事人，相處模式卻仍然一如往昔。

雖然春輝和蒼太並不引以為意，但美櫻跟燈里感覺就不是這樣了。

到了午休時間，優和夏樹原本打算像過去那樣分成男生陣營和女生陣營吃飯，卻被美櫻和燈里大力建議他們小倆口自己去吃。

不過，優沒有坦率地接受她們的建議，仍試著辯解。

「好像讓妳們擔心了，但我們沒問題的。該怎麼說呢，那個……雖然我們變成了男女

chapter 6
～第6章～

朋友，但畢竟之前一直維持著青梅竹馬的關係，所以……感覺沒辦法一下子就改變……又或者該說這樣的距離感恰到好處……」

看著優支支吾吾地找藉口的模樣，平常文靜的燈里開口追問：

「瀨戶口同學！這是你跟小夏討論過後決定的嗎？」

接著，對話主導權就落到了燈里和美櫻的手上。

被她們以再正確不過的理論開導後，優也只能乖乖聽話了。

另外，根據春輝的說法，優其實也想跟夏樹獨處，但又覺得很難為情。所以，燈里跟美櫻的發言，說不定反而幫了他一個大忙。

或許也抱持著同樣的想法吧，蒼太笑著目送夏樹和優離開。

目睹好友夏樹和終於成為情侶的優牽著手的身影，燈里和美櫻似乎感動不已。

看著兩人的側臉，春輝不自覺地開口問道：

「今天我們四個人一起吃午餐怎麼樣？」

「……咦？四個人是指……」

燈里轉過頭來，臉上滿是顯而易見的困惑。

雖然有點在意她的反應，但春輝仍伸出手依序指向在場成員。

「妳、美櫻、望太還有我。」

語畢，春輝露齒燦笑，但燈里卻隨即別過臉去。

「這個嘛……我覺得……」

「怎麼了？妳不方便嗎？」

在提問的同時，春輝明白了讓燈里有口難言的原因。因為，她佯裝在看牆面上的時鐘，但其實是若無其事地窺探著美櫻的反應。

（嗯，會變成這樣也是正常的。）

對春輝而言，在這個時間點開口約美櫻，同樣是一場賭注。

然而，距離畢業所剩的時間已經不多了。就算覺得自己沒這樣的資格，他還是忍不住出聲詢問。

「竟然一副只有自己豁然開朗的樣子……」

chapter 6
～第6章～

蒼太的低喃聲讓春輝因吃驚而雙肩微微一震。

從他聲音很細微這點來判斷，蒼太應該不是刻意說給任何人聽才對。

正當春輝猶豫著要不要回應他時，蒼太用手臂環上他的肩頭表示：

「遺憾的是，我們還得繼續電影的剪接工作喔，春輝。既然剛才那麼爽快地目送優離開，我們就得負責維持進度啊。」

「嗚……呃，不過，至少午休時間……」

「至少～？這可是能完成不少進度的一段時間耶。嘲笑午休的人，將來一定會為了它哭泣！這段時間很寶貴喔，所以我們絕不能浪費，要有效利用才行。」

（雖然臉上帶著笑容，但這可是他的認真模式呢……）

感覺到兒時玩伴平靜而堅定的決心後，春輝任憑自己被他拉著離開。

留在教室裡的美櫻和燈里會露出什麼樣的表情呢？

雖然很想知道，但因為害怕美櫻也迴避他的視線，春輝最後終究沒有回頭。

目送夏樹等人離開後，燈里和美櫻前往美術室。

待吃完便當，兩人將一幅幅的畫作並排在長桌上。

被拿去展覽、以及借給其他學校的作品，全都一口氣還了回來。她們倆必須將這些和作品清單一一對照，再跟學校商量安置這些畫作的場所問題。

燈里和美櫻的作品，已經多到十根手指頭無法計算的數量，只能按照順序慢慢進行。

（像這樣全部並排在一起，總覺得有股壓倒性的氣勢呢……）

雖然其中三分之一都是出自於自己的手，但這些畢竟是高中三年份的作品。

面對眼前這些巨大的熱情，美櫻彷彿被震懾似地深深吐出一口氣。

「哇，好懷念喲！」

chapter 6
～第6章～

突然聽到燈里開心的嗓音，讓美櫻從清單上抬起頭來。

燈里的視線落在耀眼無比的向日葵田園上。這幅畫和暑假前歸還的〈那天的櫻花〉一樣，是描繪春夏秋冬的四部作品的其中之一。

「我記得這是妳高一時畫的吧？」

「沒錯。春天的櫻花、夏天的向日葵、秋天的銀杏、冬天的山茶花……」

說著，燈里瞇起雙眼。

她或許正在透過眼前的畫布眺望昔情昔景吧。

（我能體會她的感覺呢。當時的心境，想必也一併融入了畫作裡頭吧。）

儘管美櫻的作品常獲得「像是課本裡的範例」這樣的評價，不像燈里能創作出才華洋溢的作品，但兩人面對畫布時的心情，想必都是一樣的。

想完成一幅畫，不只得花費很多時間，也需要堅強的意志力。

每次下筆，都等於讓各式各樣的感情融入畫布之中。

「……對了，電影用的那幅畫作，妳也畫了櫻花吧？」

聽到美櫻的發言，燈里像是觸電般回過頭來。

「對呀！我去拿過來給妳看，好不好？」

「咦？可是，妳不是已經把它交給電影研究社……」

雖然燈里說那幅畫在十月之前就已經完成了，但基於春輝等人「希望能讓它在電影裡頭初次亮相」的請託，美櫻和夏樹至今都未曾目睹過。

看到露出不解表情的美櫻，燈里笑瞇瞇地表示：

「嗯。我曾經交出去一次，但之後又覺得好像哪裡不太夠，所以就拿回來了。」

美櫻還來不及阻止，燈里便踏出腳步跑向準備室。

（燈里是不是忘記春輝他們說過的話了呀？）

美櫻有些不安地玩弄著手指，但察覺到某種可能性之後，她的動作瞬間停了下來。

燈里有著「怪怪美少女」的暱稱，有時會讓人捉摸不定。

然而，她不是會單方面背棄約定的人。

「久等了！就是這幅畫，妳覺得怎麼樣？」

chapter 6
～第6章～

燈里將揣在懷中的畫布放在一旁的畫架上。

美櫻帶著緊張的心情，戰戰兢兢地朝畫布走近。

「哇……」

目睹畫作的瞬間，美櫻不禁發出讚嘆聲。

燈里以細膩的筆觸描繪出來的世界，是個和櫻丘高中的美術室十分相似的場所。裡頭有一名穿著立領制服的男學生，正在眺望窗外盛開的櫻花。

他的側臉帶著一抹淡淡的憂愁，讓美櫻湧現胸口被緊緊掐住的感覺。

「按照設定，是電影的女主角畫了這幅畫呢。」

燈里走到美櫻身旁，像是自言自語般輕聲說道。

「……她喜歡這個人對吧。」

道出這句話的同時，斗大的淚珠從美櫻的眼眶溢出。

一直累積起來的情緒從臉頰滑落，在毛衣上形成點點淚痕。

（啊啊……我果然……）

這幾天以來，讓美櫻極力想要迴避的灰暗情感，現在衝破堤防一湧而出。

站在承載著燈里滿滿心意的畫布前方，她已經無法繼續說謊了。

看到燈里茫然的反應，美櫻輕聲表示：「對不起，我突然哭出來。」

前者只是搖搖頭，對她投以擔憂的眼神。

（……我可以說出自己的真心話嗎？）

這麼做一定只會造成燈里的困擾。明明理解這點，美櫻不希望刻意讓她背負重擔。

然而，燈里只是動也不動地站在原地，目不轉睛地凝視著美櫻。

（對不起，燈里……）

於心中再次這麼喃喃說道後，美櫻哽咽著開口。

「聽到小夏跟瀨戶口同學開始交往的事，我真的非常開心。打從心底湧現『真是太好了』的想法……」

chapter 6
～第6章～

至此，美櫻緊緊咬住自己的下唇。

看到她幾乎要將自己的嘴唇咬破，燈里連忙出聲阻止。

「美櫻，妳怎麼了？」

燈里語氣中帶著顧慮心情的溫柔嗓音傳入美櫻耳裡。

美櫻緩緩吸了一口氣，吐露出蟄伏在內心深處的漆黑情感。

「……我真的很狡猾。一開始，我的確是為了小夏能跟喜歡的人兩情相悅而開心，可是，後來……後來卻也為了春輝的戀情沒能實現而開心……」

突然，燈里像是要阻止她繼續說下去似地伸出雙手。

燈里一語不發地緊緊抱住美櫻，並輕撫她的背。

在這雙溫暖的手和規律的節奏安撫下，美櫻緩緩閉上雙眼，將額頭靠上燈里的肩膀。

（謝謝妳，燈里……）

美櫻感覺到，那些累積在心底的灰暗想法，現在已經和淚水一起流出來了。

等這樣的想法全都流掉之後，她一定又能再次抬起頭，以笑臉面對夏樹和春輝。

不是強顏歡笑，而是發自內心的笑容。

車站通往學校的坡道上種滿了銀杏樹，是當地著名的景觀之一。

今年，銀杏樹染上一片金黃的時期提前，讓路過的人們情不自禁地駐足欣賞。

而春輝和優，現在正捧著攝影機悠閒地漫步於此。

「要拍的話，這一帶應該不錯。等望太來了，我們就開拍吧。」

蒼太被找去生涯規劃室談話，所以應該還要花上一點時間。

為了在這段期間完成攝影的準備工作，春輝開始設置三腳架。

這時，優重重的嘆息聲從他背後傳來。

chapter 6
～第6章～

「唉……你真的要拍喔？」

「這不是當然的嗎？用旁白來說明時間經過這種做法，我可絕對不接受喔。」

「呃，這個我知道啦。但現在還要修改最後一幕，實在是……」

負責管理電影作業排程的優，露出比以往都更加困擾的表情。

這也是正常反應。至今他們已追加過不少場景，也修改過很多次腳本，所以後製剪接耗費了很多時間。從將電影提交給教職員會議的日期倒著算回來，恐怕很難有好臉色。

「可是啊，以後我們八成沒什麼機會像這樣三個人一起拍電影了耶。這說不定是第一次，也是最後一次了，所以我想做到不會留下遺憾的程度。」

那你呢？你不這麼認為嗎？

春輝沒有將這些疑問說出口，只是沉默著望向優。

優再次板起臉孔，然後仰望萬里無雲的晴空。

「……你說這種話太卑鄙了吧。」

咕噥了一句後，優從外套口袋裡掏出記事本。

雖然仍緊皺著眉頭，但從他翻開記錄電影後製時間和地點的頁面，然後再次動筆寫了些什麼的反應看來，春輝明白優間接贊成了他的意見。

春輝露齒燦笑，以一句「對了」再次開口。

「我好像還沒跟你說過嘛。」

「喂喂喂，你還有什麼沒講的事情啊？」

看到從記事本上方抬起頭，露出一臉「真難以置信」表情的優，春輝笑著搖搖頭。

「不，不是我的事情啦。」

「……不然是什麼？」

「恭喜你們啊。終於送作堆了呢。」

「呃！咕……咳咳……！」

優像是某種開關被打開似地瞬間漲紅臉，然後開始猛咳嗽。

他或許是想反駁「終於送作堆」這種說法，但卻擠不出半句話。

春輝帶著壞心眼的笑容眺望兒時玩伴罕見的慌張反應，結果優迅速別過臉去。

chapter 6
～第6章～

「不好意思，驚動大家了。」

「語氣好僵硬！你未免也害羞過頭了吧。」

「吵死啦。你才是呢，可別做出讓自己後悔的選擇啊。」

「……哈哈，這句建議還真中肯～」

春輝品嚐著無法完全嚥下的苦澀感情，無力地笑了幾聲。

（這句話你之前也說過啦。）

在優即將和夏樹交往前，春輝向他報告了自己在電影創作比賽拿下冠軍一事。

「優，其實你喜歡夏樹對吧？既然這樣，就多點自信啊。」

面對笑著從背後推自己一把的春輝，優以筆直的視線凝視著他開口：

「……你也是。別對自己的選擇後悔了喔。」

那時，還有現在都是。

春輝只能以曖昧的笑容回應他。

因為他明白，無論有沒有向美櫻告白，自己都會後悔。

如果沒有將心意傳達出去就前往國外留學，他會因自己當初為何不告白一事而懊惱。

但如果告白了，自己今後也無法留在美櫻身旁。

（說實話，我根本不知道自己什麼時候會回來啊……）

依照春輝的個性，當大好機會降臨眼前，在還沒確實將其掌握之前，他絕不會返回日本。他也很清楚自己是這種一板一眼的性格。

（不過，優同樣對這一點心知肚明，卻還是開口勸我……）

對兒時玩伴隱瞞也沒用。優八成已經知道春輝打算不對美櫻告白，便出國留學吧。

他是在明白這一點的情況下，要春輝「別對自己的選擇後悔」。

（優這傢伙，在夏樹告白之後，他就改變了呢。）

優原本就是個眼光長遠，同時擅長注意小細節的人。所以，他經常擔任會議或活動的司儀，或是負責調整安排的工作，不太會強烈主張自己的意見。

chapter 6
～第6章～

而最近，他變得會像這樣，確實將自己的想法傳達給他人。
（望太也說他找到想做的事情了……）
「啊，找到你們了～！」
正當春輝腦中浮現蒼太的臉時，就瞥見本人就從上坡處用力揮著手跑過來。
看到三腳架和攝影機的他發出「嗚哇！」的慘叫聲，伸出手指問道：
「真的還要追加電影的場景喔？來得及嗎？應該來不及吧！」
「「望太，你好吵。」」
聽到春輝和優異口同聲地吐嘈，蒼太露出一臉難以置信的表情，並用雙手抱住頭。
「優，你怎麼回事啊？被春輝收買了嗎？」
面對蒼太痛心疾首的提問，春輝和優不禁面面相覷。
「……我有收買你嗎？」
「喔～有啊，用一碗拉麵。」

「真假？」

春輝咕噥著「這是我第一次聽說耶」時，蒼太以天真無邪的表情給他最後一擊。

「春輝，那我吃炒飯就可以了。」

「啥～？你們的意思是，我得為了追加場景另外掏錢出來嗎？」

春輝不禁吶喊出聲，結果優和蒼太雙手抱胸，以坦蕩蕩的表情點了點頭。

「就算是導演，但一意孤行的做法實在有點說不過去嘛。」

「沒錯沒錯！再說，你為什麼又想追加場景啊？」

雖然態度很輕鬆，但蒼太和優都對春輝投以極為認真的視線。

春輝明白現在不適合用玩笑話打混帶過，於是也做好覺悟開口：

「看到早坂那幅畫，讓我覺得不修正一下最後一幕，好像不太妙呢。」

「這我可以理解啦，但是……我覺得在這個時間點追加內容，真的有點危險。」

雖然有些支支吾吾，但蒼太仍確實道出自己的意見。

優則是在一旁無言地點頭表示同意。

chapter 6
～第6章～

（看來，他們並不是因為嫌麻煩才反對嘍。）

在後製剪接作業即將進入尾聲時，追加新場景或是修改最後一幕，的確很危險。

就算只是其中一小部分，但只要有所更動，便會為作品整體帶來影響。要是因為疏忽某些細節，導致電影內容出現兜不攏的地方，整個故事就會有漏洞。

儘管也很明白這一點，但春輝仍不打算放棄。

如果有機會達成，他就會努力到最後一刻。

燈里的畫作有著能夠讓人湧現這種想法的力量。

「作業排程已經擠滿了，光是這樣，就是很容易出錯的狀況。這些我都懂啦，可是，看到那幅畫的時候，我認為觀眾可能會覺得這無法和電影結局串連起來。」

聽到春輝正氣凜然，同時又洋溢著熱情的發言，優和蒼太不禁屏息。

他們的腦內，想必也浮現了燈里的作品了吧。

一名男學生眺望著窗外盛開的櫻花，平靜而令人心疼的場景。

這部電影描述的是一名女高中生平淡質樸的戀愛故事。

身為女主角的高一女學生，暗戀著同樣隸屬於美術社的高三學長。

對方深愛作畫，是作品多次獲獎的社長，為了讓這樣的他稍稍回過頭來看著自己，女主角比以往更努力地作畫。

然而，進展並不如她想的順利。

在國中時也經常獲獎的女主角，現在參賽卻屢戰屢敗，導致她逐漸遠離畫布。

尷尬的時光不斷流逝，某天，她得知了學長畢業後要出國留學一事。

自己是否會在無法告白的情況下，就這樣一輩子都見不到學長了？

因為不希望迎向這樣的結局，主角再次開始動筆。

最後，終於完成一幅畫的她，在畢業典禮的前一天將學長找來社團教室。

「一開始，我原本預定的結局是所謂的『雙向單戀』。雖然女主角告白了，但學長顧慮到她的感受，所以並沒有接受這個告白……」

「……這樣的結局，感覺的確跟那幅畫有些出入呢。」

儘管語氣有些遲疑，蒼太和優也表示同意。

感覺他們的態度軟化之後，春輝忍不住吐出一口氣。

（剩下的問題就是我了吧……）

電影的劇情和春輝本人目前的狀況微妙地重疊，讓他感覺心情十分複雜。另兩人想必也察覺到了這樣的問題，所以才會表現出欲言又止的態度吧。

這並非負責撰寫腳本的蒼太刻意安排。春輝之前曾聽他說過，這部電影的腳本是他在高二那年冬天開始構思的。所以，他不可能預測到目前的事態。一切都只是湊巧。

（這種時候，要是身為導演的我遲疑不決，就會連帶讓他們無法前進呢。）

春輝吐出殘留在胸口的沉重空氣，然後抬起頭來。

「看到那幅畫，學長一定也會察覺到女主角的心意吧？這樣的話，最後不是由女主角開口，而是由學長主動告白，感覺會比較自然。」

蒼太點了點頭，但接著又以一句「可是啊……」開口。

「我認為修改前的腳本也有很說服力啊。因為以後無法陪伴在女主角身旁，所以不願

意接受她的告白——我能理解學長這樣的心情。你覺得呢？」

蒼太問的是電影的劇情。
他不是在問春輝本人的心意，所以兩者不能混為一談。
儘管大腦確實理解這一點，春輝卻無力抑止自己加速的心跳。

明明不知道何時才能學成歸國，卻想說出要對方等他這種話嗎？
為了一圓自己的夢想而出國留學，卻要對方為此白白犧牲時間？

至今反覆質問自己的這些問題，再次閃過春輝的腦中。
他所得出的答案一直都是同一個。
為了對方著想，所以什麼都不要說出口。

「嘴上說是為了對方著想，但其實只是害怕自己有一天得離開她罷了。」

chapter 6
～第6章～

剛才那是誰的聲音？

春輝一臉茫然地望向優和蒼太，發現他們都露出吃驚的表情。

（……噢。嗯，是我說的啊。）

雖然慢了半拍才會意過來，但春輝完全不明白自己是抱持什麼樣的心態開口的。

是基於導演身分發表的意見？是闡述一般人的觀念？又或是在吐露自己的真心話？

（無論如何，電影和現實都是兩碼子事情。）

沒有必要導出，或是描繪出相同的答案。

現實中的自己所做不到的事情，讓電影裡頭的角色來完成就好。

「就算能巧妙壓抑住自身的感情，這份心意也不會消失，不是嗎？所以，在最後看到女主角那幅畫作時，學長決定放下一切顧忌向她告白，我覺得是比較自然的進展呢。」

春輝像是試著說服自己似地開口。

蒼太驚訝地屏息，原本在一旁維持沉默的優取代他緩緩開口：

「……就算無法跟女主角約定未來？」

「明天的事情，明天再去思考就好啦。學長大概也豁出去了吧。」

兩人雖然都還一臉欲言又止，但在望向彼此的臉之後，他們同時笑出聲來。

「豁出去不就是你最擅長的事情嗎，春輝？」

「就算一直想東想西的，到頭來，還是會選擇這麼做呢。」

「……你們還真會說耶。」

春輝也笑著回應，同時感覺整個人不可思議地輕鬆起來。

現況並沒有改變。不過，讓這兩名兒時玩伴聽自己道出真心話之後，光是這樣，春輝就覺得他似乎已經找回迷失的自我了。

（……雖然我絕對不會告訴他們這件事就是了。）

春輝露齒燦笑，然後跑向架設到一半的攝影機。

「那就開始來拍追加的場景吧～！」

他豁然開朗的嗓音迴盪在坡道上。

度過炎炎夏日之後，逐漸染上一片金黃的銀杏樹，隨風輕輕晃動著枝枒。

最後一幕的追加攝影也順利結束的時候，春輝被找去生涯規劃室。

原本以為是留學文件的填寫有問題，但他卻接到了出乎意料的委託——櫻丘高中每年都會發手冊給前來應考的考生，校方希望春輝能接受屆時會刊登在其中的採訪。

「除了課業以外，本校的社團活動和文藝活動也都經營得有聲有色——上頭指示要努力宣傳這一點呢。所以，你就被選上嘍。」

雖然明智這麼表示，但春輝老覺得他有可能是基於好玩，才會推薦自己。

首先，他純粹是因為喜歡電影，才會一直努力至今。春輝完全想不出自己有什麼可以說給準考生聽，又能強調學校優點的人生小故事。

chapter 6
～第6章～

（不過，聽說除了我以外，還有另一個學生要接受採訪。全丟給那傢伙就好了吧？）

一直乖乖坐在椅子上也有點無趣，所以春輝起身走向窗邊。

他眺望著校內景觀片刻後，室內大門被人打開了。

「打……打擾了。」

「嗨～原來另一個人是妳啊，早坂。」

「……芹澤同學……」

春輝輕輕舉起手打招呼，但燈里卻有些尷尬地移開視線。

（啊～這種反應……所以，之前那次果然是被無視了？）

幾天前，在走廊上看到燈里時，春輝也像現在這樣舉手和她打招呼。

不過，燈里並沒有發現他，就這樣直接和春輝擦身而過。

因為也沒有什麼要事，所以春輝便沒有再次開口呼喚她。

（我原本以為她只是沒聽到……）

然而，從燈里今天的態度看來，她可能是刻意在迴避春輝。

（對了，我提議四個人一起吃午餐那天，她感覺也怪怪的嘛……）

燈里那時的反應，或許和春輝與美櫻之間發生過的事情有關吧。

但因為他不知道燈里究竟了解多少，所以不能沒頭沒腦地開口確認。

繼續胡思亂想也不會有幫助。春輝離開窗邊，回到房間中央的那張長桌前。

「聽說老師們會稍微遲到，我們就坐下來等吧。」

「好……好的。」

猶豫了片刻後，燈里選擇在春輝正對面的座位坐下。

春輝用雙手環住後腦杓，整個人靠在椅背上。

「應該不至於把我們的大頭照刊登在簡介手冊上吧～？」

「……聽說照片只會刊登很小一張，所以反而是採訪讓我感到比較沉重。」

雖然語氣中摻雜著些許困惑，但燈里還是用一如往常的態度回應他。

春輝暗自鬆了一口氣，然後用力皺起眉頭。

「對喔，還有採訪呢。」

「……呵呵！」

或許是覺得春輝明顯排斥的模樣很孩子氣吧，燈里不禁跟著苦笑起來。

剛踏入房間時的尷尬態度，以及對聽到春輝提問時慢半拍的反應，或許都只是因為她太緊張了而已。

（什麼啊，原來是這樣嗎……）

既然明白了這一點，那一切都好說了。

春輝將手肘抵著桌面，以手托腮輕鬆地表示：

「算了，我覺得不用想得太困難啦。反正也不是要我們給準考生應考的建議。我們只要表現出自己的高中生活很快樂的感覺，藉此提昇準考生的鬥志就行了。」

燈里沒有出聲回應，只是輕輕點頭。

（咦……咦？怎麼，她果然是討厭我這個人嗎……？）

不同於夏樹和美櫻，春輝幾乎不曾跟燈里一對一交談過。因此，就算想從態度來判斷

燈里的好惡，也無法得心應手。

話雖如此，但如果過度顧慮對方，就無法縮短彼此的距離。

於是，春輝筆直望向燈里，直接了當地換了個話題。

「噯，早坂。謝謝妳的那幅畫。」

「……咦？」

「就是櫻花的畫啊。為了協助我們拍攝電影而畫的那幅。」

補充說明之後，燈里輕輕「噢」了一聲，似乎是理解了春輝的意思。

確認對方已經明白之後，春輝又繼續說下去。

「看到妳的畫，讓我決定改寫最後一幕了。一開始的結局……該說是雙向單戀嗎？女主角和學長其實互相愛慕，但最後卻沒能在一起——這是我原本的設定呢。」

「……你為什麼會想改寫？」

雖然是問句，但春輝總覺得燈里其實已經知道答案了。

他探出上半身，露齒笑著答道：

chapter 6
～第6章～

「看到那幅畫當然會想改寫結局吧？明明目睹了希望之光，怎能以悲戀收場呢？」

隨後，燈里沉默下來，望向自己擱在桌面上的手指指尖。

春輝的直覺告訴他，燈里是在回想自己描繪那張畫的心路歷程。

這樣的燈里突然讓他感覺好耀眼。春輝不禁像是自言自語般說道：

「……看來，妳已經掌握到戀愛為何物了呢，早坂。」

第一次看見那幅電影用的畫作時，春輝就有這種感覺，現在，他更確定了。

關於戀愛，燈里找到了屬於自己的答案，所以才能描繪出這樣的世界。

想到這點的瞬間，春輝忍不住開口問道：

「如果要妳兩者擇一的話，談戀愛的時間跟作畫的時間，妳會選擇何者？」

雖然是個唐突的提問，但燈里沒有做出困惑的反應，也沒有笑著打發他。

她只是平靜地垂下眼簾，然後以清晰而堅定的嗓音回答：

「我想，要是以前的我，無論必須捨棄任何事物，一定都會選擇作畫的時間。」
「哦，那現在呢？」
「現在，我……我會回答兩者都想要。」
聽到這個意外的答案，春輝圓瞪雙眼。
「我還以為妳會毫不猶豫地選擇作畫時間呢。不過，原來那已經是過去式了啊。」

春輝很明白自己的發言摻雜著責備的語氣。
不過，他已經沒有餘力去修正這句話了。
（……我或許很寂寞吧。）

他擅自將燈里視為自己的同類。
儘管擁有家人、朋友和其他珍貴的事物，同時也有讓自己熱中到廢寢忘食的東西。
那樣東西輕易超越了所謂「嗜好」的範圍，「強迫」春輝選擇它。
無論何時，它都會持續占據腦中的某個角落，迫使春輝不停思考作品的事情，最後，甚至讓他感覺自己和周遭的人之間出現一條看不見的分隔線。

除了自己以外，他自以為是地認為燈里應該也明白這種感覺。

「你剛才的質問……就算不是從戀愛或作畫之中二選一，我想，我也不會只選擇作畫。因為畫畫已經是我這個存在的一部分了。」

燈里澄澈的嗓音撼動了緊繃的空氣。

因為是自己的一部分，所以無從比較——聽到她這麼回答，春輝淡淡「噢」了一聲。

（什麼啊，她果然跟我一樣嘛。）

對燈里來說，作畫等於「自己的一部分」。

這句話彷彿對春輝施了魔法，讓他變得自由。

（啊～什麼嘛……果然是我胡思亂想太多了。）

春輝讓視線在半空中游移，然後搔了搔後腦杓，輕聲笑著表示：

「我們的意見果然很一致呢。」

過去，提出「戀愛是什麼顏色」這個問題時，燈里的回答讓他感覺遇見了和自己擁有相同感性的人，也因此相當開心。

而現在，春輝的心情比那時更要來得舒暢無比。

「芹……春輝同學！」

「是……是！」

突然聽到對方大聲呼喚自己，春輝不禁一瞬間從椅子上彈起。

（怎麼回事？她剛才叫我的方式，好像跟以往不太一樣……）

雖然反射性地出聲回答，但春輝仍有種難以言喻的異樣感。

正當他感到不解時，燈里以筆直的視線望向春輝表示：

「請和我當朋友吧！」

（咦？朋友？）

chapter 6
～第6章～

燈里一連串的意外發言，讓春輝完全僵在原地。
靜待他回答的同時，燈里仍沒有移開自己的視線，靜靜地凝視著春輝。
（這下不太妙耶……要是我又誤會了，可能會被打擊到一蹶不振呢……）
儘管愈來愈困惑，春輝仍老實道出自己的想法。

「呃，我覺得我們已經是朋友了吧……」
聽到春輝的答案，燈里軟綿綿地癱倒在椅子上。
這是個足以讓她全身無力、答非所問的回答嗎？
「咦，怎麼，只有我覺得我們是朋友嗎？」
春輝連忙開口確認，結果燈里露出大夢初醒的表情，將上半身往前傾激動地回答：
「不是的。謝謝你！」

目睹燈里臉上燦爛的笑容，讓春輝感覺自己的視野彷彿一瞬間清晰起來。
（……我也試著向美櫻表達心意吧。）
就像燈里方才所做的，透過「友情」這種說法，美櫻應該也比較容易接受才是。

以友人的身分，向美櫻坦承畢業後會去美國留學及一直很喜歡她的畫作，或許不錯。

這樣一來，春輝覺得他好像也能原諒自己了。

（要說的話，就在畢業典禮之前說吧。）

既然不是告白，那無論今天或明天說都無所謂。

然而，這麼做的話，反而會讓春輝更煎熬。

自己對美櫻的感情，已經在不知不覺的情況下滿溢出來。這種狀態下，春輝無法在畢業典禮之前和她維持普通朋友的關係。

出發到美國的倒數計時已經開始了。

希望畢業典禮早點到來。

只有一分鐘也好，希望能待在美櫻身邊更久。

春輝在內心懷抱著相互矛盾的願望，決定加倍珍惜所剩不多的高中生活時光。

chapter 6
～第6章～

將仔細熨燙好的制服襯衫掛上衣架之後，美櫻輕輕嘆了一口氣。

明天，是自己最後一次穿這件制服。

（總覺得三年一轉眼就過去了呢……）

等到夜晚過去、白天到來，就是畢業典禮舉行的日子了。

她從沒想過，從祝賀他人畢業的在校生，變成被他人祝賀的畢業生，竟是如此不同。

印象中，國中畢業的時候，自己好像沒有像現在這麼緊張。

（因為，除了畢業典禮以外，明天還有「那件事」要做嘛。）

美櫻轉頭，放在書桌上的一本紅色封面的素描本映入眼簾。

那天，夏樹為了建立自信而努力畫漫畫的身影，讓受到鼓舞的美櫻也開始在素描本裡頭作畫。今晚，她終於填滿了最後一頁的白紙。

美櫻深呼吸一口氣，將手伸向那本素描本。

為了能夠多畫幾張，她選擇了比較厚的一本，但因為這本素描本有著精美的封面，所以看起來也有點像日記或是繪本。

（不知道春輝會不會收下呢……）

得知春輝畢業後就要離開日本，美櫻希望送他一份能夠留下回憶的東西。而她的選擇，便是透過自己的畫來記錄那些值得紀念的時光。

希望春輝在翻頁的同時，高中三年的點點滴滴也會跟著鮮明浮現在腦海中。快樂的事、開心的事、痛苦的事、懊悔的事……自己曾幾何時對燈里傾訴的想法，也毫不隱瞞地收錄在這本素描本裡頭。

要說讓美櫻放不下的東西，就只有那部遲遲未能完成的短片了。在春輝即將去留學的情況下，完成的日子恐怕會更遙遙無期。

（……不過，總有一天一定會……）

chapter 6
～第6章～

接著，美櫻為素描本進行最後一道手續——像是對它施魔法般輕聲詠唱「咒語」。

然後，她將素描本揣在懷裡，向裡頭的回憶表示：

「要保密喲。」

那天轉眼就到來了。

在陰天持續了好一陣子之後，今天是久違的晴朗天氣。

（或許因為今天是畢業典禮，所以老天爺也好心配合吧。）

春輝靠在位於校舍後方的櫻花樹樹幹上，茫然地這麼想著。

『在畢業典禮開始前，能給我一點時間嗎？』

一大早，他傳了這樣的簡訊給美櫻，也隨即收到對方的回覆。

『嗯，我也有東西想要拿給你。』

在沒能詢問是什麼東西的情況下，兩人只約定了時間和地點就結束了簡訊的往來。

儘管春輝已經許久沒和美櫻傳簡訊，但兩人的互動仍相當自在，彷彿從未出現過空白期。光是這樣，就讓春輝的鼻子微微感到酸楚。

（啊啊……今天真的就是最後了。）

再次體認到這個事實的瞬間，春輝的心又開始躁動不安。

和美櫻離別的時刻近在眼前。

儘管明白這一點，這樣的事實仍緊緊勒住春輝的胸口。

必須和優、蒼太或夏樹分離一事，從未讓春輝感到不安。四人是從小一起長大的兒時玩伴。那些共度的時光，讓春輝深信他們的關係不會因為時間或距離而變質。

而在上高中之後認識的燈里或戀雪，未來在某天、某個地方重逢的時候，春輝認為自己也能像現在這樣和他們有說有笑。

說不定，在許久不見的這段時光加溫之下，他們更能相談甚歡。

chapter 6
～第6章～

（可是，美櫻就——）

春輝總覺得，和她分離的時間愈久，自己就會愈不知該如何是好。

這想必是因為兩人在關係微妙的狀態下分開的緣故。

所以，他今天必須在這裡做個了斷。

「早安，春輝。」

突然聽到美櫻以柔和的嗓音呼喚自己，春輝的心臟重重抽動了一下。

他死命按捺著內心企圖暴動的感情，小小聲地回了一句「早」。

不知有什麼好笑的，美櫻以手掩嘴輕笑起來。

（……別這樣笑啦。）

春輝努力嚥下這句差點說出來的話語。

為了拋開腦中的負面思緒，他用力甩了甩頭。

「那個啊……今天會找妳過來，是想拜託妳一件事。」

「……拜託我？」

美櫻愣愣地圓瞪雙眼，像隻小松鼠般微微歪過頭。

儘管為她可愛的反應怦然心動，春輝仍極力保持鎮靜，淡淡地再次開口：

「沒錯。給我什麼餞別禮吧。」

說出口的瞬間，春輝感覺自己的心臟幾乎要從口中迸出來那般激烈跳動。

他們倆都是畢業生，所以跟對方要求餞別禮有點奇怪。美櫻想必會詢問他理由吧。

這樣一來，春輝就得告訴她留學的事情。

然而，美櫻沒有說什麼，只是輕輕點頭，然後從揹在肩上的書包裡取出一本書。

「不嫌棄的話，請你收下這個……」

「……啊，好。」

有著紅色封面的這本書，是一本素描本。

春輝快速翻過書頁，發現裡頭充斥著美櫻以細膩而縝密的筆觸呈現出來的世界。

不知何時完成的這些素描裡頭，也有著春輝的身影。他時而和優、蒼太一起展露笑容，時而在攝影機後方露出認真不已的表情。

「你要多保重喔。」

美櫻的這句話，讓春輝彷彿觸電般抬起頭來。

（要我多保重……這是什麼意思？）

為何美櫻沒有詢問他索求餞別禮的真正用意？

這本素描本，彷彿就是她準備用來替春輝餞別的禮物似的。

（難道美櫻已經知道我要去留學的事情……）

春輝極其渴望看到美櫻此時的表情。

然而，就算想確認，因為美櫻站在背光的位置，所以無法將她的臉看清楚。

（可惡……！）

春輝連忙向前走去，但美櫻卻往後退。

再往前方踏出一步時，他感覺美櫻又退得更遠了。
兩人之間的空氣開始緊繃，讓春輝無法動彈。

還剩十公分。
只要使勁伸長手，就能夠碰觸到美櫻的指尖。

（糟糕，心臟開始痛起來了……）
自己的心跳永遠是最老實的東西。依據面對的人不同，跳動的節奏也截然不同。
光是和美櫻四目相接，就讓春輝的心臟猛烈抽動。
心跳愈來愈快，腦中也開始閃過各式各樣的疑問。

拾起美櫻的手之後，他又該怎麼做？
現實人生並不會像電影那麼戲劇化，這點自己應該也很清楚吧？
他在美國真的能夠一帆風順嗎？
打算將這輩子的時間都貢獻給電影嗎？

chapter 6
～第6章～

春輝擁有這樣的自信。
但也有著同等的不安。
等到一切成功，再向美櫻傾訴自己的心意吧。
現在不是應該告白的時候。

「……我得走嘍，拜拜。」

聽到美櫻要自己多保重，春輝無法出聲回應。
在他取而代之勉強擠出一句話之後，美櫻似乎露出了笑容。
他雖發現美櫻臉上疑似出現閃閃發光之物，但她隨即轉身跑遠，所以來不及確認。

畢業典禮結束後，六人聚集在教室裡頭。

他們各自在學校發的畢業紀念冊上寫下自己想說的話。

國中畢業典禮的時候，他們也經歷過相同的光景。但在成為高中生的現在，內心隨著湧現某種更深刻的感慨。

或許是因為他們明白「那個」已經來到近在眼前之處了吧。

距離遠超過國中畢業時的離別。

「好，寫完了！裡頭有我的簽名，你可要當成傳家之寶喔。」

確認裡頭已經有五人份的簽名後，春輝將畢業紀念冊還給蒼太。

「是是是，悉聽尊變。」

雖然蒼太的語氣有點無力，但嘴角仍是上揚的。

（……望太果然還是得這樣呢。）

畢業典禮時，蒼太有稍微哭過。但春輝認為，還是這種露出笑容的表情最像他。

或許是因為明白自己暫時無法再和他們見面，這種感觸深深在春輝的胸口擴散開。

感覺眼角似乎泛出溫熱液體的他，慌慌張張地從椅子上起身問道：

chapter 6
～第6章～

「噯，我的呢？」

「……在合田那邊。」

春輝環顧周遭時，坐在正對面的優這麼輕聲回答。

前者一瞬間說不出半句話，只能勉強點點頭。

其他人都已經將麥克筆蓋上筆蓋，美櫻似乎是最後一個寫的人。

在現場眾人的注目禮之下，美櫻迅速地振筆疾書。

（……不知道她會寫些什麼？）

讓她看起來有些煩惱的原因，純粹是因為不知道該寫什麼嗎？

還是因為她想留下特別的話語呢——

光是這麼思考，就讓春輝的心跳加速。

美櫻蓋上筆蓋後，夏樹從背後冒出來窺探她所寫的內容。

燈里也跟著從另一邊探頭。她瞬間瞪大雙眼，然後不知為何笑出聲來。

「噗……！哈哈，啊哈哈！真不錯呢，美櫻！」

相較於拍手大笑的夏樹，美櫻帶著認真的表情點了點頭。

「……我覺得只能這麼寫了呢。」

「嗯，這是很棒的留言喔。」

說著，燈里輕輕拭去眼角的淚水。

（評語是「真不錯」、「很棒」，卻又讓她們笑成那樣，這到底……？）

三個女孩子無視春輝困惑不已的反應，熱絡地交談起來。

面對這樣的光景，優和蒼太帶著微笑在一旁靜靜地觀看，春輝則想舉白旗投降。

正在思考該如何開口時，美櫻的視線和他對上了。

「你回家再看吧……一定喲。」

「……我知道了。」

最後，六人一起拍了一張合照。

夏樹等人的雙眼雖然紅通通的，但在快門按下的剎那，他們全都露出了燦爛的笑容。

春輝把照片夾入紅色的素描本裡頭，將它們一起塞進自己的波士頓包。

機場充斥著嘈雜聲，讓身處此地的春輝也跟著心神不寧。

因為他婉拒了所有來送機的提議，所以這裡只有他一個人。

（……等到下午三點，我人就已經在半空中了呢。）

他所搭乘的飛機，目的地是距離日本相當遙遠的美國。

儘管那裡有著自己期望的未來在等著他，這一刻，春輝還是覺得沒有什麼真實感。只有揹在肩頭的波士頓包的重量，提醒他這一切都是真實。

嗡～嗡嗡～

放在口袋裡的手機突然震動起來。春輝懶洋洋地將手探入口袋。

chapter 6
～第6章～

必須趁還沒忘記的時候，在上飛機之前把手機的電源關掉——春輝這麼想著，然後確認手機畫面，發現上頭顯示著有一封新簡訊的圖示。

瞥見「寄件人美櫻」幾個字，讓他的手指停止操作手機的動作。

春輝感到心跳宛如全力衝刺後那般劇烈，甚至有種地面開始搖晃的錯覺。

要這麼直接關掉電源，還是——

一瞬間的遲疑後，他隨即衝動地按下手機按鍵。

『我會一直等你。』

視野一下子模糊扭曲起來，清澈的淚滴跟著墜落在手機螢幕上。

就算春輝什麼都不說，美櫻也能夠明白。

被美櫻的簡訊從後方推了一把的他，現在緊咬下唇抬起頭來。

那張臉上已經不再有一絲迷惘。

芹澤春輝

生日／4月5日
牡羊座
血型／A型

隸屬於電影研究社。
對電影懷抱滿腔熱血，以導演的身分活躍著。
有著堅定不移的夢想。

Haruki Serizawa

chapter 7

～第7章～

今天早上有一場教職員會議，所以絕對不能遲到。

保險起見，美櫻原本將鬧鐘設定得比平常提早一小時，但最後，她踏出家門的時間還是會跟以往差不多。

完成出門的準備後，美櫻望向客廳，確認自己是否有遺漏什麼。

（啊～這樣看過去，恐怕也不知道呢……）

基於她目前正在準備搬家，所以房間也十分凌亂。

讓她花費較多時間準備出門，正是這個原因。

而且，現在還是三月，是學期的尾聲。

這幾天，她過得相當忙碌，無暇整理的資料已經在桌面上堆積如山了。

chapter 7
～第7章～

同時加上她在打包裝箱時發現而擱在一旁的東西，室內呈現一片愈來愈無法收拾的狀況。儘管塞進紙箱裡頭就好，但不知為何，她的手就是停下了動作。

美櫻從衣櫃深處取出高中時期的畢業紀念冊。

以及在畢業典禮上拍攝的幾張照片。

還有蒼太和燈里在上週末拿給她的一片ＤＶＤ光碟。

（我沒想太多就收下了，果然還是還給他們倆比較好吧……）

到現在，美櫻仍無法鼓起勇氣觀看裡頭的內容。

因為蒼太表示，光碟裡收錄的，是他們畢業製作時拍攝的那部電影的未公開內容。

和美櫻約在附近咖啡廳見面的兩人，在寒暄過幾句之後，便將這片ＤＶＤ遞給她。

為了準備在夏樹和優的結婚典禮上播放的影片，蒼太把高中電影研究社的作品挖出來再次觀看，結果湊巧發現了這樣東西。

「因為內容真的很棒，所以他說希望妳一定要看看呢。」

燈里露出滿面的笑容，然後以「對吧？」向身旁的蒼太尋求同意。

後者也帶著笑容點點頭。面對遲遲不打算接收DVD的美櫻，蒼太直接將光碟放在她的掌心。

「我已經備份過了，可以麻煩妳把這片拿給春輝嗎，合田？」

聽到這個令人懷念的名字，美櫻的心臟重重地跳了一下。

她已經很久沒聽其他人提起這個人名了。高中畢業之後，春輝就到美國去留學。自從那時以來，美櫻便沒再和他見過面。

（聽說小夏他們寄過去的喜帖，後來收到了「出席」的回覆……）

如果春輝真的回國，就會變成睽違七年的重逢。

儘管一直很想見他，但在機會真正造訪的時候，美櫻又變得怯場起來。

以忙碌為理由而一直不去看那片DVD，一定也是基於同樣的原因。

chapter 7
～第7章～

在高中畢業經過七年的現在，美櫻喜歡著春輝的心依舊沒有改變。

她懷抱著這樣的感情一直走到今天。

倘若在結婚典禮上和春輝重逢，美櫻沒有自信能像畢業典禮那天一樣，笑著目送春輝前往美國。她想必會央求春輝不要離開吧。

而這種情況下，春輝又會怎麼回答她呢？

手機鬧鈴像是刻意打破沉默般響起，讓美櫻不禁屏息。

再不踏出家門，就真的會遲到了。

「……果然還是拿去還給燈里他們吧。」

美櫻拾起ＤＶＤ，急急忙忙奔向玄關。

決定在下班後用宅急便把光碟寄回去的她，將手伸向大門門把。

美櫻就職的地方，是她的母校櫻丘高中。
讓她選擇這條路的關鍵因素，是高中時去里民服務中心的美術教室擔任老師的經驗。指導他人的樂趣和困難之處，以及學生表現出來的熱情，都成為她的精神糧食，讓美櫻能夠以比學生時期更樂在其中的心情作畫。

✤ ✤ ✤ ✤ ✤

午休時間，待在美術室裡替下午的課程做準備時，美櫻突然湧現了這樣的想法。
（這裡一點都沒變呢……）
雖然老師和學生都不斷在更替，但學校特有的氛圍依舊沒有改變。
彷彿時間停止了一般。
自高中畢業以來，美櫻總覺得自己好像有一部分的時間停止了。
或許是因為這樣吧，在不知不覺中，比起自家，學校似乎更能令她放鬆。

chapter 7

～第7章～

「哇，這種地方竟然有塗鴉……」

因為早上沒看到，所以，可能是上一堂課的學生留下來的吧。

課桌一角被人用鉛筆畫出愛情傘，還有著不同筆跡寫下的「快點去告白啦」和「她一定也在等你開口」等字樣。

「呵呵，真是青春～」

美櫻以指尖撫過愛情傘，嘴角也微微上揚。

身為教師，應該要制止學生這種行為，但她還是敵不過自己會心一笑的反應。

（這麼說起來，我也曾被人在黑板上寫過類似的內容呢。）

那天的光景，宛如昨天才發生過一般鮮明。

某天早上，美櫻一如往常地踏進教室，結果同學們不知為何一起發出驚呼聲。

眾人的視線全都集中到她的身上，讓美櫻不禁愣在原地。

「春天情侶的其中一人來嘍！」

雖然聽到有人這麼說，但她完全不明白是什麼意思。

美櫻困惑地環顧教室內部，發現黑板上描繪了一把愛情傘。

（上面是……我跟春輝？）

無論重新看幾次，並排在雨傘下方的，都是美櫻和春輝的名字。隨後，瞥見一旁「春輝＋美櫻＝春天情侶」的文字時，她終於理解了現況。

美櫻跟春輝在高一那年的春天相遇。

雖然不同班，但因為春輝是個引人注目的人，所以美櫻單方面聽說過他的名字。

兩人第一次交談，是在什麼時候呢？

意識到的時候，每次遇見對方，他們總會聊上幾句無關緊要的事情。之後，雖然沒有特別約定，但兩人放學後開始會一起回家。

在春輝被男同學拉進教室裡頭之後，歡呼聲更加熱烈了。

chapter 7
～第7章～

「你們從一大早就好有精神耶～」

雖然一開始也在狀況外，但思路無比靈活的春輝隨即理解了狀況。

他跑向呆站在黑板前方的美櫻身邊，以平靜的嗓音輕聲對她說道：

「妳別放在心上喔。」

「……嗯。」

確認美櫻同意之後，春輝迅速抹去黑板上的塗鴉。

雖然台下隨即有人起鬨，但春輝沒有表現出任何反應。

他們倆曾經被這樣揶揄過好幾次，也出現過幾乎要因此拉開距離的情況。

然而，因為春輝的對應態度總是平淡又成熟，做出調侃行動的同學也開始覺得無趣。

暑假結束後，就沒有人再拿他們的關係出來當話題了。

「……真令人懷念呢。」

感慨地出聲後，原本壓抑著的情感，一口氣在胸口迸開來。

那片ＤＶＤ的事從腦中閃過，讓美櫻緊緊閉上雙眼。

（怎麼辦……我果然還是想看……）

在春輝的眾多作品當中，畢業製作的電影被喻為是夢幻作。

春輝學生時代上傳至網路的作品，現在也依舊能夠觀看，至於曾經參賽的作品，則是被當成貴重資料，保存在電影研究社的社團教室裡頭。在春輝成為國際聞名的電影攝影的現在，有些短篇集甚至開始在市面上販售。

然而，只有畢業製作的那部電影，僅在學生會主辦的首映會上映過一次。

（在成年之後，春輝也重新拍攝過很多部相同主題的作品。對他來說，那絕對是充滿回憶的創作才對……）

這七年以來，春輝不斷將自己的作品寄給美櫻。

每個月、每半年、每兩個星期——

春輝總是在不定期，且沒有任何預警的狀況下將它們寄來。不過，美櫻每年的生日當天，是她一定會收到作品的日子。

儘管包裹中沒有任何報告近況的書信或祝賀小卡片，但每次收到的時候，美櫻總會覺

chapter 7
～第7章～

得似乎還有某種東西聯繫著兩人的心，並因此暗自欣喜。

如果真有「命中註定」的話——

那片ＤＶＤ會輾轉落入自己的手中，一定也代表著什麼意義。

（不對……能夠賦予它意義的，永遠都是自己決定採取的行動。）

美櫻看了看手錶，然後快步走向準備室。

她從包包裡取出ＤＶＤ，毫不猶豫地透過筆記型電腦將內容播放出來。

出現在畫面上的，是令人熟悉的教室地板。

『那麼，春輝導演，拜託你啦～』

聽起來比現在更尖一點的蒼太的嗓音突然傳來。

接著，畫面搖晃了幾下，映照出春輝板著一張臉的身影。

『喂，春輝，臉色別這麼難看嘛。畢竟劇情出現了一百八十度的大幅修正，為了將自己想呈現的感覺傳達給演員，你得示範一下才行啊。』

優的聲音感覺源自很靠近的地方。舉著攝影機的人應該就是他了吧。

看來，這不是那部電影，而是為了指導演技所拍攝的參考影片。

身穿制服的春輝瞇起雙眼時，蒼太在一旁吶喊「開拍！」的聲音傳來。

春輝扮演女主角暗戀的學長，眺望著燈里的畫作。

隨後，他像是發現什麼似地轉頭望向攝影機，表情也在瞬間變得柔和。

（我記得在這之後，女主角會和他聊那幅畫吧……）

一如美櫻的記憶，春輝對著當時不在現場的女主角繼續演戲。

最後，在女主角即將開口告白時，扮演學長的春輝像是為了打斷她一般，開口呼喚了女主角的名字。

『美櫻。』

chapter 7
～第7章～

（……咦？）

美櫻原本以為是自己聽錯了，但畫面中的春輝再次輕喚她的名字。

『美櫻，接下來的台詞，希望妳能讓我來說。』

這是演戲。而且已經是過去發生的事了。

儘管腦中很明白，但跟螢幕上的春輝四目相接時，美櫻的心臟仍猛地抽動起來。

『……畢業之後，我會到國外去留學，所以無法待在妳的身邊。』

『就算這樣，妳也願意牽起我的手嗎？』

『我喜歡妳，美櫻。』

沒想到，自己最渴望聽到的那句話，竟然會以這種方式傳入耳裡。

在內心一陣劇烈起伏之後，空虛感瞬間襲來。

現場安靜下來，蒼太和優從攝影機後方發出開朗的笑聲。

『卡～！女主角不叫美櫻，而是叫由加里才對喔！』

『該說是即興演出嗎……感覺你不小心說出真心話嘍。』

『……少囉唆，別管我啦。』

（真心話？剛才是那春輝的……？）

感到腦中一片空白的美櫻癱坐在椅子上。

接著聽到的對話，也跟著左耳進右耳出。

『是說，既然你們發現了，幹嘛不早點講啊。這樣就不能當作演技指導用的東西了吧？怎麼辦啊？』

『只好重拍啦。』

『……這段影片絕對要刪掉喔。』

收錄在ＤＶＤ裡頭的影片內容至此結束。

chapter 7
～第7章～

一片漆黑的電腦螢幕上，倒映出美櫻茫然的表情。

（如果……如果說……那真的是春輝的真心話……）

畢業典禮那天早上，自己或許就不用強顏歡笑地和他道別了。

倘若那時她沒有逃避，也朝春輝伸出手的話，兩人的心意或許就能相通了。

（……騙人的，這怎麼可能呢？）

對自己高昂的情感澆下一桶冷水的，正是已經變成大人的美櫻本人。

當初，就算看了這段影片，她一定也無法完全相信春輝的心意。

春輝有可能是在開玩笑。就算拍攝影片的當下是如此，現在可能也不是了。她必定會這樣設法找出藉口。

（可是，現在的話……）

為了成為和春輝更相配的存在，美櫻努力改變自己消極內向的個性。

然後，她實現了學生時代的夢想，像這樣站在母校的講台上。

七年的時間絕不算短，但也並非是兜了一個大圈子。美櫻能夠抬頭挺胸地表示，這是對她而言無可取代的、為了獲得屹立不搖的自信所需要的時間。

蔚藍的天空在窗外無邊無際地延伸。

如同高中時期待在春輝身旁時，不經意抬頭看見的那個萬里無雲的晴空。

有鑑於明天就是夏樹和優的結婚典禮，這天美櫻提早結束工作下班。

畢業典禮結束，只等著結業式到來的校園內部，充斥著悠閒的氛圍。

至於由她擔任顧問的美術社，本年度的所有比賽也都已經結束了。現在，社員們正為了明年度的比賽，而各自慢慢進行著準備。

為了抄近路，美櫻沒有從正門離開，而是選擇走向校舍後方。

chapter 7
～第7章～

在今年的這個時期，櫻花樹也已經冒出花苞，有些甚至開始綻放花朵。

「辛苦了。妳現在要回家了嗎？」

聽到熟悉的嗓音傳入耳中，美櫻停下腳步，但仍有些半信半疑。

然而，再次聽見「喂～」的呼喚聲時，她不禁轉過頭。

從後門朝這裡走近的人影，肩上揹著一個波士頓包，臉上還戴著太陽眼鏡。

和美櫻對上視線之後，對方嘴角上揚，給她一個露齒燦笑的表情。

美櫻也開口呼喚了他的名字。

「春輝……！」

略微晃動肩膀，猶豫片刻後，對方摘下臉上的太陽眼鏡。

和七年前同樣散發出強烈光芒的那雙眼睛，現在筆直地凝視著美櫻。

同時，美櫻的心跳開始加速。

午休時，同一雙眼睛曾透過電腦螢幕和她四目相交。比起那時，美櫻現在的心跳更快、更猛烈。

「……妳變成老師了啊。」

「嗯。」

「我當上電影攝影了……呃，這妳也知道嘛。」

「嗯。」

一步、兩步。彼此的距離逐漸縮短。

每踏出一步，美櫻的眼角就滲出溫熱的液體，讓她的視野開始搖晃。

剩下十公分。

來到伸出手就能觸及對方指尖的距離時，春輝和美櫻都停下了腳步。

不同於七年前，現在，就算被春輝直直凝視著，美櫻也不會想要逃走了。

chapter 7
～第7章～

「呃……這個，謝謝嘍。」

春輝一邊說著，一邊從波士頓包裡頭取出一本美櫻相當眼熟的素描本。

紅色封面、署名合田美櫻的字樣——那確實是自己送給他的餞別禮。

歷經七年的時光，雖然曬得有點泛黃，但從高中畢業典禮那天交給春輝以來，這本素描本的外觀幾乎沒什麼改變。可見春輝相當珍惜它。

「……原來你一直好好保管著它嗎？」

「嗯，還帶到美國去。」

「咦！為……為什麼……？這樣會增加行李的重量吧？」

「這不是普通的行李，是我很珍貴的寶物呢。」

無視美櫻錯愕的反應，春輝開始翻閱那本素描本。

他小心翼翼地翻開每一頁的動作，以及看著內頁的溫柔視線，讓美櫻湧現滿懷的感動。

「每當我感到沮喪，或是那個……該說是想家的時候嗎？就會把這本素描本拿出來看。」

這或許是美櫻第一次聽到春輝向她傾訴自己的脆弱。

被不斷湧現的情感淹沒的她，只能沉默點點頭。

「一開始看的時候，我會覺得很懷念，還會想乾脆回來一趟好了……但同時，腦中也會響起妳的聲音呢，要我『不准回來』這樣。」

那是美櫻在他的畢業紀念冊寫下的留言。

（他還記得呀。而且……）

自己對素描本施的小小魔法，確實對春輝起了作用，成為他的支柱。

得知這樣的事實，美櫻不禁垂下頭來。倘若現在開口，言語所無法表達出來的情感，感覺就會化作淚水傾洩而出。

「另外，還有這個。」

發現春輝似乎朝自己遞出什麼東西，美櫻輕輕抬起頭來。

他已經將素描本收回波士頓包裡。現在，春輝手上拿著的，是一張ＤＶＤ光碟。

chapter 7
～第7章～

「……是……你的新作品嗎？」

聽到美櫻沙啞的嗓音，不知為何，春輝突然移開自己的視線。

「說是新作嘛……應該說是讓妳久等的東西……」

難道——美櫻湧現了某種預感。

然而，她一下子無法相信自己的直覺，只能愣愣地凝視著春輝。

「你是說……我們高中時一起製作的那個……？」

「……妳還記得啊。我在國外時將它完成了，妳願意收下嗎？」

面對春輝燦爛的笑容，美櫻發不出半點聲音，只能點頭表示同意。

以顫抖的手指接下的ＤＶＤ，有著春輝的熱度。

（……該從何對他說起才好呢？）

儘管認為這次輪到自己了，但緊張的情緒讓美櫻的喉嚨愈發乾燥，雙唇也不停震顫。

不知是否缺氧，她覺得自己開始有些雙腿發軟。

然而，美櫻仍勉強擠出聲音。

為了喊出那個自己一直渴望呼喚的名字。

「那……個……我跟你說，春輝……」

「美櫻。」

宛如那片ＤＶＤ光碟的內容，春輝像是要打斷美櫻繼續說下去一般呼喚她的名字。

然後伸出自己的手。

（春輝他……手指在發抖……？）

他或許和自己一樣……或許甚至比自己更加緊張。

伸出手的春輝沒有再次開口。

（換作是以前，我一定會很焦急不安吧。）

儘管心臟的脈動依舊劇烈不已，也無法發出聲音，但美櫻卻不可思議地感到平靜。

這七年以來，她已經培養出等待答案的勇氣，以及確認他人真心的勇氣。

「我喜歡妳。」

chapter 7
～第7章～

春輝輕聲說道，然後輕觸美櫻的指尖。

「我也一直都喜歡著你喲，春輝。」

美櫻輕輕點頭，並回握春輝的手。

初戀那一頁沒有被撕下丟棄，而是一直留在兩人的心中。

感覺一切彷彿奇蹟的美櫻對春輝展露笑容。

「歡迎回來。」

兩人的故事超過七年的光陰，於此刻再次交會——

epilogue ～終曲～

和煦的暖春陽光灑落在綠意盎然的美麗庭園中。

在教會裡舉行的結婚典禮結束後，花園派對終於要開始了。

（時間差不多了……）

戀雪從長椅上起身，捧著相機前往新人休息室。

通過以玫瑰打造而成的拱門下方時，微微的啜泣聲傳入他的耳中。

（這個聲音是……瀨戶口學妹？）

新郎的妹妹為什麼會在這裡哭泣呢？

戀雪有些擔心地往一旁的岔路走去，隨即瞥見身穿小禮服的雛。

她的身旁則是一身西裝打扮的虎太朗。

epilogue
～終曲～

發現新娘的弟弟也在，戀雪不禁驚訝地圓瞪雙眼。

（看起來也不像是迷路了……噢，是不希望被其他人看到自己哭嗎？）

不只是雛，虎太朗同樣雙眼泛紅，還不時吸著鼻子。這種情況下，比起和他們打招呼，裝作沒看到會比較好吧。

正當戀雪打算轉身時，他聽見雛提起自己的名字。

「虎太朗是大騙子。戀雪學長根本不在這裡嘛。」

「……印象中我確實有看到他的背影啊。」

「『印象中』、『確實』？到底是哪個啦？」

「……話說回來，妳有接到捧花真是太好了。」

虎太朗沒有回答雛的疑問，硬是換了個話題。

雛看似不滿地噘起嘴，然後望向自己手中的捧花，輕聲回了一句「也是啦」。

「小夏好漂亮喔。」

「……嗯。」

「哥哥也超級帥氣！真的是無從挑剔呢。」

「…………」

「虎太朗，為什麼你聽到這句話就沉默了啊？」

「因……因為！只要夏樹幸福，我就覺得足夠了嘛……！」

看到這麼吶喊的虎太朗開始落下男兒淚，雛的眼淚反而一瞬間縮回去了。

她一邊說著「真是個姊控」、「相信我哥吧」之類的話，一邊輕撫虎太朗的頭。

（……他們倆的感情還是一樣好呢。）

要是本人聽到這樣的感言，必定會馬上反駁吧。

雛和虎太朗的反應自然而然浮現在腦中，讓戀雪忍不住嘴角上揚。隨後，他轉身背對兩人離開。

epilogue
～終曲～

深呼吸一口氣之後，戀雪輕敲休息室的門。

光是聽到夏樹的回應從裡頭傳來，就讓他胸口悸動不已。

「阿雪～！我們等你好久嘍，快點來拍合照吧！」

最先發現戀雪並朝他招手的，是在長大成人後變得格外可靠的蒼太。

而在他身旁出落得更加亭亭玉立的燈里，也朝戀雪用力揮手。

「綾瀨～我們一起照相吧～」

在戀雪露出笑容朝兩人點頭時，突然有隻手從身後搭上他的肩膀。

戀雪吃驚地轉頭，和那張令人懷念的臉龐四目相接。

「咦，芹澤？你回日本了啊？」

「雖然馬上又得回去就是了。是說，綾瀨，你的領帶真不賴耶～」

或許是在國外累積了各方面的經驗吧，看起來變得相當幹練的春輝朝他露齒燦笑。

「春輝很適合太陽眼鏡，但穿上西裝，卻有種七五三節（註：在孩童成長至三歲、五歲、七歲時，讓他們穿上正裝前往神社祈福的日本傳統節日）的感覺呢。」

「……請您饒了我吧，美櫻小姐。」

「呵呵！」

一如往昔散發出柔和氣質的美櫻，臉上浮現讓人感受到強韌內在的笑容。

圍繞著她和春輝之間的氛圍，似乎也和學生時代不太一樣了。

（難道芹澤和合田……）

戀雪沒有刻意向兩人確認，只是在心中低喃「真是太好了」。

「戀雪！你看過吉田老師的新書了嗎？」

「喂喂喂，妳連結婚當天都在跟人聊漫畫喔……」

「你還不是跟春輝他們聊電影聊得興致勃勃的啊，優～」

即使坐在婚宴會場裡頭，這對新人也仍舊是老樣子，讓戀雪不禁噗哧一聲笑出來。

epilogue
～終曲～

（榎本……她果然就像盛夏的太陽一樣呢。）

一想到夏樹，胸口就彷彿被人緊緊揪住。

同時，也讓全身上下的每個細胞齊聲歌頌此刻的幸福。

「——那麼，各位，要拍照嘍！」

倘若將人生比喻成一本書的話……

必須有不同的故事交織、各種插畫點綴，才會變成一本書吧。

因為人類無法獨自走完一生，所以，必定會和其他人擦出火花、相依相隨，將自己的故事持續編織下去。

（現在這一頁，以及當初那一頁，都是我的初戀。）

HoneyWorks 成員留言板！

Gom

真希望有能夠拉近剩下的56cm的brave啊～

謝謝大家

shito

感謝將初戀的繪本小說化的企畫。
我從前奏曲開始就好喜歡喔。

ziro

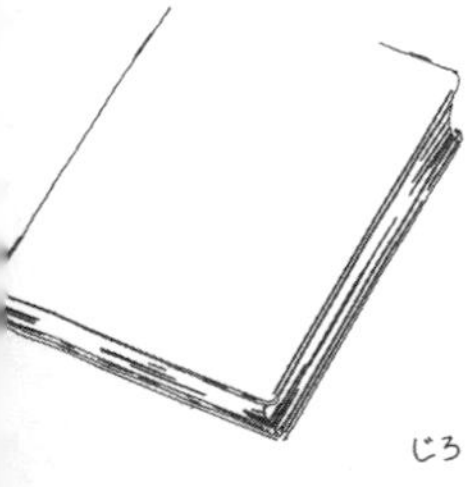

因為突如其來的大雨
而不知所措的美櫻。
這時，春輝沉默地遞給她一把傘，
然後飛奔而去。

令人怦然心動呢。

※只是妄想而已。

cake

初戀的繪本是我在Haniwa的作品中相當喜歡的一曲！
小說化萬歲～!!

Cake

感謝小說化的企畫!!

這是Haniwa作品的戀愛系列第一曲，春輝和美櫻也是讓我有一段特別回憶的角色。在看過故事後，讓我更加喜愛這兩人了。請各位好好體驗這段令人揪心又怦然心跳的故事吧！

ヤマコ

支援成員

Oji

恭喜初戀的繪本小說化!!

Oji

這是枕頭。→

支援成員
萬分感謝
初戀的繪本小說化企畫！
光是看到ヤマコ老師在畫春輝和美櫻的插圖，
就讓我覺得自己簡直喜歡這對情侶到上氣不接下氣！
我也好想談這樣的戀愛喔…
讓我們一起看這本小說，並一起怦然心動吧！
ろこる
ろこる
春輝 美櫻
賀
初戀的繪本小說化！
告白預演系列的小說化第三彈!!
真是可喜可賀呢
我也好希望自己在學生時代能談一場會被人
羨慕地吐嘈「這是漫畫情節嗎!!」的戀愛喔!!!!!
看了這本書之後，就談一場怦然心動的戀愛吧!!
モゲラッタ
モゲラッタ

國家圖書館出版品預行編目資料

告白預演系列. 3, 初戀的繪本 / HoneyWorks原案 ; 藤谷燈子作 ; 咖比獸譯. -- 初版. -- 臺北市 : 臺灣角川, 2015.11
面 ; 公分. -- (Kadokawa fantastic novels)
譯自 : 告白予行練習. 3, 初恋の絵本
ISBN 978-986-366-801-5(平裝)

861.57 104019841

Kadokawa Fantastic Novels

告白預演系列3

初戀的繪本

（原著名：告白予行練習3 初恋の絵本）

2015年11月18日 初版第1刷發行
2018年2月5日 初版第4刷發行

原案：HoneyWorks
作者：藤谷燈子
插畫：ヤマコ
譯者：咖比獸

發行人：成田聖
總監：黃珮君
總編輯：蔡佩芬
編輯：黃怡珮
美術設計：宋芳茹
印務：李明修（主任）、黎宇凡、潘尚琪
發行所：台灣角川股份有限公司
地址：105台北市光復北路11巷44號5樓
電話：（02）2747-2433
傳真：（02）2747-2558
網址：http://www.kadokawa.com.tw
劃撥帳戶：台灣角川股份有限公司
劃撥帳號：19487412
法律顧問：寰瀛法律事務所
製版：尚騰印刷事業有限公司
ISBN：978-986-366-801-5
香港代理：香港角川有限公司
地址：香港新界葵涌興芳路223號
新都會廣場第2座17樓 1701-02A室
電話：（852）3653-2888